時々ボソッとロシア語でデレる隣のアーリャさん 裏話

Иногда Аля внезапно кокетничает по-русски

「あら、お待たせしてしまったかしら」

「おや？　このエロナ先輩のことも
心配してくれてるのかな？」

「ピ、ピース？」

「イェ〜イ、ピ〜ス」

目次

時々ボソッとロシア語でデレる隣のアーリャさん　裏話

燦々SUN

角川スニーカー文庫

24440

Illustration : みゅり
Design Work : AFTERGLOW

1巻新規SS

アーリャさんは迷探偵？

「あ、すいませぇ～ん。ちょっと道を訊《き》きたいんスけどぉ～」

【もう少し上手《うま》く下心を隠しなさいよ】

「え、おっ、と……え、えくすきゅーずみー？」

【目つきでバレバレなのよ。大体、道に迷ってるのにスマホを手に持ってないのはおかしいでしょ。住所調べるとか地図アプリ開くとか、するでしょ普通】

「うぉう……きゃんゆーすぴーくいんぐりっしゅ？」

【英語以前に日本語話せるけど、あなたと会話をすることに価値を感じないわ。そもそも性欲《本能》に従って行動する猿に、言葉って通じるのかしら】

「あ～……やっぱ、自分で探しま～す。へへ……」

曖昧な笑みを浮かべながら去っていく男を冷めた目で一瞥《いちべつ》し、アリサはふいっと視線を切る。

人が多い場所に来ると、いつもこれだ。割と人を寄せ付けない〝話し掛けるなオーラ〟を放っていると自認しているのだが、それでも毎回誰かしらに声を掛けられる。先程のようなナンパ男だったり、芸能関係の勧誘だったり、時には中年男性にいきなりメルアドを書いた紙を渡されたこともあった。

(あ〜鬱陶しい)

ナンパされるのはいつものことだが、今日のアリサは特に気分がクサクサしていた。というのも、実は先程のナンパは本日二回目であり、つい十分ほど前にも別の男にナンパされたばかりで……これがまあ失礼な男だったのだ。その時もアリサはロシア語で対応したのだが、相手の男は日本語が通じないと見るや舌打ちして、「日本語分からないくせに日本に来てんじゃねぇよ」という無茶苦茶なことを吐き捨てて去っていったのだ。思わず呆気《あっけ》に取られてそのまま見送ってしまったが、今思い返すとその男にも、何も言えなかった自分にも腹が立つ。

(日本語で『あなたと話したくないからロシア語で話してたのよ』ってはっきり言ってやればよかったかしら)

忘れようとしていたところにまたナンパされたことで、アリサの中で落ち着きかけた苛《いら》立《だ》ちが再燃してくる。仮に今またナンパされたとしたら、アリサはロシア語で容赦なく罵《ば》詈雑言《りぞうごん》を浴びせる自信があった。

(ハァ……目立ち過ぎる容姿をしてるのも考えものね)

苛立ちを吐き出すように、大きく溜息《ためいき》を吐く。ナンパが嫌なら目立たないよう地味な変装をすればいいのかもしれないが、それはなんだか負けた気がして嫌だ。なんであんな低俗な人間達のために、美しく完璧な自分であることを諦めないといけないのか。

(まったく、直球で『一目惚《ひとめぼ》れしました！　まずお友達から始めさせてください！』と頭を下げるなら、まだ好感が持てるのに)

もっとも、ではそうされた場合に頷《うなず》くかと問われればそれは否《いな》だが。それでも、そこまで潔く言い寄られれば、不快感までは抱かないだろう。

(真剣交際じゃなく火遊び目的っていうのが一番腹立つのよ……私がそんなに安い女に見えるのかしら？　冗談じゃないわ。将来を約束した相手以外に、肌を見せたり触らせたりなんて、私は絶対に——っ、あ～もうやめやめ。せっかくの買い物なのに、こんなことでイライラしてちゃもったいないわ)

そう考え、頭をふるふると左右に振り、アリサは目的地である大型商業施設に足を向け……ふと、先程のナンパ男がまた別の女性に声を掛けている光景が目に入った。

「……みっともない」

足を止めない女性に並走するように歩きながら、へらへらと話し掛け続けている男。その姿に軽蔑に満ちた視線を投げてから、アリサは自動ドアを潜った。

(まったく、つくづく憐《あわ》れな人種ね。女の人のお尻ばっかり追い掛けて……プライドがないのかしら？　私だったら恥ずかしくて、絶対にあんな真似《まね》できないわ)

エレベーターに乗り、婦人服売り場のフロアに降り立ってからも、アリサはイライラとそんなことを考える。そして、いい加減気分を切り替えようと、ふぅっと息を吐きながら周囲を見回し、ふとひとつの後ろ姿に視線が止まった。

（……あら？）

その人影はすぐに人混みに隠れてしまったが、少し歩きながら視線を巡らせると、また遠くの方で見付かる。

「……久世《くぜ》君？」

背格好と後頭部だけでは確信が持てなかったが、そこでちょうどその人物が右側のお店に顔を向けたことで、横顔が見えた。

「あ、やっぱり……」

よく見知った顔に、アリサは声を掛けようかと考え、迷う。

（別に、声を掛けたところで何か用事があるってわけでもないのよね……あいさつだけして『それじゃあまた』っていうのもなんだか変な感じがするし、『あいつ何しに来たんだ？』って思われるような気が……そもそも、どうあいさつすれば？）

普通に「こんにちは」と言えばいいのだろうか。あるいはちょっといい女風に「あら久世君、奇遇ね」とでも言えばいいのだろうか。だがいずれにせよ、その後にどう続ければいいのかが分からない。言葉に窮して「あ、じゃあ……」みたいな曖昧な感じで別れるのが容易に想像できる。

（というかそもそも、話すことがないならわざわざ話し掛けなくてもいいんじゃないかしら？）

しかしその場合、向こうから発見された時にまた反応に困る気も……

「う〜ん……」

聞く人が聞けば、「そんな深く考えずに普通に話し掛けりゃいいじゃん」と言うかもしれない。だが、それが出来るなら、アリサは〝孤高のお姫様〟なんて呼ばれてはいない。

普段から、一握りの人間以外には用事がなければ話し掛けないし、用事がない限り話し掛けられない。そして、話したとしても必要最低限の会話しかしない。だからアリサは〝孤高のお姫様〟なんて呼ばれているのだ。だからこういう時、アリサはどう話し掛ければいいのか分からないのだ。要は、雑談力の致命的な欠如と言えよう。

（う〜ん、う〜〜ん……）

なんとなく政近《まさちか》の後を追いながら、アリサは首をひねる。休日に、街中で男友達と会った時のあいさつの仕方について、真剣に考える。

うんうんと悩み……その末に、ふと以前テレビで芸能人がやっていた胸キュンセリフなるものが頭に浮かんだ。

【こんなところで会うなんて、運命かしら……なんて】

ボソッと呟《つぶや》き、あまりのクサさに自分で身震いする。そして、誤魔化すように軽く咳払《せきばら》いをして、思案を切り上げた。

（バッカみたい。何を考えてるんだか……というか、それこそその先どう続ける気なのよ。絶対変な空気になって終わるじゃない）

そこでアリサは足を止めると、くるりと踵《きびす》を返す。

（やめやめ。やっぱり用がないなら話し掛ける必要もないわ。共通の目的があるならともかく、服を買いに来た私と久世君じゃ、目的が合うはずもないし。話し掛けたところで、どうせすぐ別れることになるんだか、ら……）

そこで、ハタと気付いた。

（……あれ？　ここ、婦人服のフロアよね？）

気付いて、ぐるりと振り返る。そして、そこでようやく気付いた。遠くに見える政近の隣に、これまた見覚えのある後ろ姿があることに。

「え、すお……有希《ゆき》、さん？」

小さく華奢《きゃしゃ》な体。軽くハーフアップにされた長い黒髪。

その後ろ姿を視認した瞬間、アリサは自分でもよく分からないまま近くの柱へと飛びつき、その陰からそっと顔を覗《のぞ》かせるようにして二人の様子を窺《うかが》っていた。

（な、なんであの二人が……まさか、デート⁉　高校生で休日にデートとか、漫画の世界だけじゃないの⁉）

いや、もちろん少女漫画の世界だけでなく、現実でもそういうことがあるのは知っている。身近なところで言えば生徒会の会長と副会長がカップルだし、あの二人は休日にデートとかもしているだろう。

しかし、実際にその場面を目撃したわけではないし、街中で連れ立って歩いている同年代の男女を見掛けても、所詮は他人。自分とは無縁の、どこか遠い世界の出来事のようで、今ひとつ現実感がなかった。

だからこそ、友人二人がデートをしている光景というのは、アリサにとって自分でも意外なほどに衝撃的だった。なんだか、急に二人が遠い世界の住人になってしまったような……

（う、ううん、デートじゃないかもしれない。あの二人は、幼馴染《おさななじ》みだもの。休日に一緒に出掛けることくらい、きっと普通なのよ！　少女漫画でもよくあることだし！）

なおその場合、少女漫画だと大体男の方は女の主人公《ヒロイン》のことを好きというのがお約束だが、アリサはその事実から無意識に目を逸《そ》らした。

ついでに、今の自分が少女漫画におけるお邪魔虫ポジションになっているという事実からも目を逸らしつつ、アリサはキッと二人の様子を観察する。まず見るべきは、二人の手。

（手……繋《つな》いでない。腕も組んでない。やっぱり、デートじゃな……っ、ううん違う！付き合い立てで、手を繋げないという可能性もあるわ！）

そして、今度は二人の表情に注目する。物陰に隠れるよう慎重に歩きながら、チラチラと見える二人の横顔をじっと観察。そして、その表情に照れやぎこちなさがないことを認め、アリサはホッと息を吐いた。

（あの感じじゃ、付き合い立てって線もなさそうね……やっぱり、デートじゃなくってただのお出掛け……）

しかしそこで、また別の可能性がアリサの脳裏に浮かぶ。

（待って……付き合ってるけど、それを隠してるって可能性はない!?）

考えてみれば、あの二人は生粋のお嬢様と中流家庭の少年。いわゆる、身分差コンビだ。それ故、バレてはならない関係。だからこそ、知り合いに見られても言い訳が利くように、外では手を繋いだりしない。

（外では、って、ことは……家の中だとあの二人……!?）

外でイチャつけない分、家で思う存分イチャつく二人の姿が連想され、アリサの中にピギャーンと電撃が走る。そして、ブンブンと頭を振り、暴走する妄想をリセット。

（落ち着きなさいアリサ。深読みし過ぎるのはよくないわ。本当に信じるべきは、自分の目で見た一次情報であって……）

だが、だがである。そういう目で見ると、有希の私服はいつもと雰囲気が違って、お忍びスタイルと言われればそうな気もするのだ。

（ムムムムゥ〜〜〜〜！）

恋人《ギルティオア》か、ただの幼馴染み《ノットギルティ》か。いや、別にあの二人が付き合っていたからって、アリサにそれを責める権利なんて何もないのだが。

だが……アリサにとって政近は、実質初めての男友達であり、有希だって数年ぶりに出来た女友達である。二人共、アリサにとっては特別な友人だ。

でも当の二人にとっては、特別なのはお互いのことで、アリサのことはたくさんいる友人の一人である。そんな風に考えると、なんだかすごく悲しいような寂しいような……

【……浮気者】

胸の中のモヤモヤをボソッと吐き出し、アリサは二人の後を追う。

そんなこんなで、迷探偵アーリャの浮気調査《独り相撲》は、振り向いた有希に声を掛けられるまで続くのだった。

1巻新規SS

有希ちゃんは凄腕スパイ？

「……」

ふらふらとおぼつかない足取りで激辛ラーメン店から退店し、公園のベンチにドッと腰を下ろしたっきり動かなくなってしまったアリサ。そのすっかりと生気の抜けたアリサの顔を見つめ、すーっと上の方に視線を動かしながら、有希《ゆき》は首を傾げる。

「あら？　アーリャさん、どちらに行かれるんですか？」

「魂抜けてねぇわ！」

即座にツッコミを入れてくる兄にニッと笑い、有希はそちらを振り向く。

「では、アーリャさんのことはお願いします。わたくしは、少し自分の買い物をしてきますので」

目的語はあえてぼかしたが、政近《まさちか》はオタグッズを買いに行くのだと正確に察したようで、アリサの方を気にしつつ頷いた。

「……ああ。気を付けて」

「はい」

お嬢様モードを保ったままお行儀よく公園を後にし、少し歩いたところで道の端に寄ると、有希は立ち止まってスマホを取り出す。そして、道を調べている風を装いながら、背後に声を掛けた。

「綾乃《あやの》」

「はい有希様」

主人の呼び出しを受け、路地裏からぬらりと綾乃が……実は政近と有希が目的地となる駅で降りた時からずっとついて来ていた綾乃が。映画を観ている時も兄妹の五列後方斜め右端の席にいた綾乃が。スパイごっこという名の「綾乃が全力で気配を消してストーキングしたらお兄ちゃんはいつ気付くのか検証」をしていた綾乃が、姿を現す。

「奴らを追い、状況を逐一報告しろ。悟られぬようにな」

「畏《かしこ》まりました」

背中越しに指令を受けた綾乃が、再びスゥッと気配を消すのが分かる。振り向くことなくそれを確認し、有希はやおらハーフアップを解くと、高めの位置でツインテールにした。今から行く場所を考えての、気休め程度の変装だ。学園の知り合いと遭遇した場合、兄と一緒なら「政近君の付き合いで〜」という言い訳が通用するが、一人ではそうもいかないので念のため。

(ふむ……まあ、パッと見ではバレんだろ)

スマホのインカメラで自分の姿を確認し、有希は満足げに笑う。そして、綾乃と通話を繋ぎつつワイヤレスイヤホンを取り出すと、右耳にのみイヤホンを付けた。

『こちら綾乃。有希様、聞こえますでしょうか』

「問題ない。ターゲットの様子は？」

『今のところ、動きはありません』

「よろしい。動きがあり次第報告を」

『畏まりました』

歩きながら、ほとんど口を動かさずに重々しく指令を下すと、有希はマイクを切る。気分はさながらスパイ映画の司令官ポジ。この日常の中の非日常感に、既に有希はだいぶ気持ちよくなっていた。

「あ、すいませぇ～ん。ちょっと道を訊《き》きたいんスけどぉ～」

そこへ、楽しい楽しいスパイごっこを邪魔する無粋な闖入者《ちんにゅうしゃ》。だが、有希は動じない。

「わたし小学生だけど、おじさん大丈夫そ？」

「うぇ!? しょぅ!? じ、自分で探しま～す」

へらへら笑いながら近付いてきたナンパ男を、有希は必殺の無邪気スマイル＆防犯ブザーチラ見せで撃退する。

最近は小学生でも中高生と見紛《みまが》うような女の子が結構いるせいか、十五歳にしては小柄で華奢な有希は、表情や振る舞い次第で意外と小学生で通用するのだ。今日のように、少

年っぽいボーイッシュな格好や子供っぽい髪型をしている時は特に。コツとしてはひとつひとつの動作を体全体を使って大きく、声も大きく高くすること。

（フッ、任務《ミッション》を邪魔する不確定要素《イレギュラー》も、即座に顔《ロール》を変えて鮮やかに撃退……）

気分はさながら、第一線を退いて後進の育成に回った元伝説のスパイ。

ご機嫌にニヒルな笑みを浮かべながら、有希は颯爽《さっそう》とアニメショップに向かう。そこへ、綾乃からの報告が。

『有希様、動きがありました。キッチンカーでアイスを買われる模様です。しばらく、公園から移動されることはないと思われます。どうぞ』

「了解。こちらはもう少しで目的地に着く。しばし応答できなくなるが、変わらず報告は続けてくれ」

『畏まりました』

通話は維持したままマイクを切り、有希はいよいよ目当てのお店に突入する。店に入ってすぐどの順番で売り場を回るか計算し、無駄に無駄のない動きで次々に商品《ターゲット》を確保していく有希。

そう、今の有希にとっては、オタグッズを漁《あさ》る自分ですらも、世を忍ぶ仮の姿でしかない。今の有希の真の姿は……兄とその女友達が二人きりの状態でどんなやりとりをするのかを調査する、美少女タッグスパイのリーダーなのだ！

（ただのヤベー奴じゃねぇか）

有希の冷静な部分がもっとも過ぎる声を上げるが、テンション上がっちゃってる有希はサラッとその声をスルーする。

「おっ……？」

さりとて、オタクはオタク。こういうお店にいれば、どうしたって目移りしてしまうことはある。

（『二十歳《ハタチ》の姉が中学生になりまして』……？）

偶然視界に飛び込んできた表紙とタイトルに目を惹《ひ》かれ、有希はそのラノベを手に取ると、裏返してあらすじを確認した。

（あ～なるほど。別に若返りとかタイムスリップとかのＳＦ的なあれではなくて、記憶喪失か～。ある日突然六年分の記憶を失った姉と、その弟の話ね……）

どうやら編集部イチオシの作品らしく、近くに試し読みの冊子もあって、有希はついついそれを手に取ってしまう。

（ほうほう……うわぁ。いやでも、う～ん、そうなっちゃうよなぁ。姉の主観では、中二の夏休みに『明日は友達と海に行こ～』と思って寝て、目が覚めたら急に二十歳の社会人になってたんだもんな……そりゃ混乱するし、号泣するわ）

序盤から引き込まれる展開が続き、有希は思わずスパイごっこも忘れ、試し読み冊子を読み耽《ふけ》ってしまった。

『有希様、お二人が移動を開始しました』

「！」

しかし、そこで入ってきた綾乃の報告に、有希は試し読み冊子をパシーンと閉じ、そのラノベを一冊手に取ってかごに入れると、足早に次へ向かう。

（危ない危ない。思わぬ足止めを喰《く》ったぜ）

本はいつでも買えるが、グッズは機を逃せば買えなくなる可能性がある。そしてそれ以上に、今日の政近とアリサのお出掛けイベントは、今日しか観察できないのである！

（はてさてあの二人、二人っきりだとどんな感じなのかな？）

兄からは〝まあまあ仲がいい女友達〟と聞いていた九条《くじょう》アリサだったが、実際政近と一緒にいるところを見るに、アリサの方は政近にただの友人に向けるもの以上の執着心を抱いているように見えた。

それが恋愛感情に繋《つな》がるものなのか、あるいは数少ない友人に向ける独占欲に近いものなのか、それはまだ分からない。分からないからこそ、このイベントは見逃せない。

（よっし、これで目当てのものは全部買えたかな～？）

スマホにメモしてきていた買いたいもののリストと、かごの中にある商品を照らし合わせていく。

（ん、よし。じゃあ会計に……）

向かおうとして、ふと一枚のポスターが目に入った。

（なんっ⁉　こ、これは……‼）

それは、今期放送中のアニメに関するくじのポスター。S賞からF賞まで、それぞれどんなグッズが当たるのかが写真付きで載っており、既に出てしまったものには赤ペンで線が引かれているのだが……

(既にS賞とA賞が全部出てて、B賞も残りひとつ……？　まさか、出るのか？　ラストワン賞！)

ラストワン賞。それは、そのお店にあるくじの最後の一枚を引いた人に与えられる特別な賞品。ともすればS賞以上にレアな、唯一無二のグッズ。

(ラストワン賞……色違いのオリジナルフィギュア、欲しい……！)

とはいえ、あと何枚くじが残っているのかは読めそうで読めない。

早々に上の当たりくじが何枚も出てしまっただけで、くじ自体はまだまだたくさん残っている可能性だってあるにはある。だが、くじの発売日を見るに、その可能性は低いと思えた。

(一万円で……出るか？　いや、流石に厳しいか……とりあえず一万円分だけ引いて、出なければそこで諦め……切れんよなぁ。一万突っ込んだら絶対もう一万、もう一万って、出るまで突っ込むよなぁ……って、そんな調子でグッズ大量に引いてたら、アーリャさんと合流した時に誤魔化し切れなくなるかも……それになんだかんだ、アーリャさんと合流して服も買い損なってるしな……でも、いや、んムム)

引くべきか、退《ひ》くべきか。

財布の中身を確認しながら、有希は煩悶《はんもん》する。

『有希様、お二人が婦人服売り場に着きました。どうやら、九条アリサ様が服を買われるご様子です』

「なにそれすぐ行くわ」

そこへ入ってきた綾乃の報告に、有希は財布をパシーンと閉じ、迷わず会計の列に並ぶ。休日ということもあり、店のど真ん中を貫くように延びる会計の列。普段なら左右の売り場を眺めながらそうストレスなく並ぶ列だったが、今日この時ばかりはじれったい。綾乃から報告される「アリサが試着を始めた」とかいう最高に面白そうなシチュに歯噛《はが》みしながら、会計の順番が回ってくるのを待つ。

「ありがとうございました～」

そうして貧乏ゆすりしそうになるのを必死に堪えながら会計を終えると、有希はフェア特典でもらえるポイントも確認せずにレジを離れた。

店を出て、人混みを縫うように早歩きで進み、綾乃から伝えられた服屋に向かう。そして、店の前に出迎えに来た綾乃の手を飛びつくようにして引っ摑《つか》むと、そのままの勢いで店内に進む。

「で、どこ!?」

「あ、こちらに――」

声を潜めつつ器用に語気を強める有希に、綾乃は軽く手を引いて道案内をする。辿《たど》り着いたのは一体のマネキンの前で、その陰からこっそり顔を覗《のぞ》かせると、どこか所在なげに試着室の前に立つ政近が……ちょうどこっちを向いて、バッチリ目が合った。

（うわぉ、以心伝心）

あまりのナイスタイミングにそんなことを考えていると、政近の視線がスイッと動き、有希の下から顔を覗かせる綾乃を捉える。

（あ～芋づる式にバレたか）

こうなっては仕方ないと、有希は綾乃をその場に残して政近の下へと向かう。

「やぁやぁ楽しんでるかね」

「いや、お前……とりあえず、髪型戻せよ」

「おっと、こいつはうっかりしてたぜ」

兄の指摘を受け、ツインテールをハーフアップに戻していると、政近がマネキンの陰からこちらに会釈をする綾乃を見ながら言う。

「ていうか綾乃なんで？　え、いつからいたの？」

「最初っから？」

「最初っていつ」

「宇宙開闢《かいびゃく》から」

「俺まだ生まれてねーじゃん」

「そこじゃねーだろ」

そんなことを小声で言い交わしていると、不意にすぐ横の試着室のカーテンがシャッと引かれ、ミニ丈のスカートとキャミソールを身に着けたアリサが、ちょっと前屈《まえかが》みにポーズを取りながら現れた。

「これはど、う……」

その目が──政近の前に立つ有希を捉え、ピシッと表情が固まる。

固まったアリサの顔の下で、大きく開いた襟ぐりからは胸の谷間が覗き、更にその下には眩《まぶ》しいふとももが惜しげもなく晒《さら》されている。

それを表情を変えずに眺めながら、有希は心の中で前髪を掻《か》き上げ、冷徹な瞳で言い放った。

（ふぅ……少々、エッチが過ぎるのではないかね）

ただまあもちろん、それを口に出して言うわけにはいかない。なので、有希はお嬢様らしく口元に手を当てると、軽く目を見開いて言った。

「うわぉ、アーリャさんだいったぁん」

1巻新規SS

統也くんは肩身が狭い

「アリサさん、広報紙が一通り出来たのですけれど、少しご意見を頂けませんか？」

「分かったわ」

「あれ？　マーシャ〜、ここってこの書き方で合ってたっけ？」

「ん〜？　見せて〜……あ〜これはちょっとダメかも……たしか去年のがここに入ってるから、これを見本に……」

精力的に活動する生徒会役員たち。その光景を眺めながら、征嶺学園《せいれいがくえん》高等部新生徒会長である剣崎統也《けんざきとうや》は、むぅと唇を引き結んだ。

（……う〜む）

最愛の恋人である〝学園の征母《ドンナ》〟更科茅咲《さらしなちさき》。その友人である、〝学園の聖母《マドンナ》〟マリヤ・ミハイロヴナ・九条《くじょう》。次期生徒会長の座を目指す一年生役員、〝深窓のおひい様〟周防有希《すおうゆき》と、〝孤高のお姫様〟アリサ・ミハイロヴナ・九条。二年生の二大美女と、一年生の二大美姫が揃い踏み。

スレンダーでキリッとしたかっこいい系の美少女に、グラマラスでおっとりとした母性的な美少女。まさに大和撫子《やまとなでしこ》といった雰囲気の正統派美少女に、異国の雰囲気を強く漂わせる神秘的な美少女。それぞれタイプは違えど、男なら誰しもが目を奪われずにいられないであろう美少女ばかり。一体どこのアイドルグループだ。いや、アイドルでもここまで平均値高い美少女集団は見たことがない。

そんな、男子高校生なら見てるだけで幸せになれそうな光景を前に……統也は思った。

（空気が……女子女子しい。息が、詰まる……）

……決して口には出せない。だが、それが統也の正直な……それでいて、割と切実な感想だった。

実際不思議なもので、これだけ男女比が偏っていると、部屋の中にどこかフローラルな香りが漂っているような感じがする。これがシャンプーの香りなのか柔軟剤の香りなのかはたまた女性特有の体臭なのか、長らく女性と縁遠い生活を送っていた統也にはよく分からない。見たところこの場に化粧をしている女子はいないので、化粧品の類の匂いではない……と思うが、それも直接確かめたわけではないので定かではない。統也の目にはノーメイクに見えるだけで、実際何人かは化粧をしているのかもしれない。

（一応、校則で化粧は禁止されているが……本当のところ、それを律儀に守ってる女子の方が少数派って話も聞いたことあるしな）

基本的に通っている女生徒はいいところのお嬢様なので、バッチリ派手にメイクしている生徒は極少数だ。だがいいところのお嬢様だからこそ、人前に出る時は最低限のメイクをしているのかもしれない。

（まあ、そんなことはどうでもいいんだが）

恋人である茅咲はともかくとして、他の三人が化粧をしているかどうかなんて統也にとってはどうでもいい。

確かなのは、サッカー部や柔道部の部室が自《おの》ずと男臭くなるように、この生徒会室が実際に女臭くなっていること。別に悪い臭いではないので、それ自体はまだいいのだが……一番の問題は、物理的な空気だけでなく、ノリという意味での空気も女子女子していることだった。

「んん〜〜っ、ちょっと休憩にしましょうか〜」

「そうね、根を詰め過ぎてもよくないし」

「では、今日はわたくしが紅茶を淹《い》れますね」

「え、有希ちゃんが？　いいね、楽しみ！」

目の前で繰り広げられる、実に女子女子しいやりとり。まるで漫画の世界のお嬢様学校で開かれるお茶会のような、なんとも微笑ましく美しい光景だったが……それを目にした統也は心から思った。

（居た堪《たま》れん……）

まるで、女子会に一人だけ男が交ざっているかのような。男子禁制のお茶会にお邪魔してしまっているかのような。そんな、圧倒的な居心地の悪さ。嗅覚を刺激する女の子の匂いが、その気まずさを更に加速させる。もうこの空気に交ざるには、自分もなけなしの女子力を振り絞り、キラキラな漢女《おとめ》になりきるしかないのではないか……なんて、血迷った思考まで脳裏を過《よぎ》ってしまうほどに。

（どうしてこうなった……）

中空に視線を飛ばし、統也は慨嘆する。

最初は、統也と茅咲で男女比一対一だった。そこへ茅咲がマリヤを連れて来て、男女比は一対二に。学年の二大美女が揃ってしまったことに、「男子に嫉妬されそうだな」と思いつつも、この時点ではまだ楽観視していた。なぜなら、まだ一年生役員が加わっていなかったから。

（中等部の頃の一年下の生徒会長副会長は、男女ペアだったし……他の候補も特に女子ばっかりだった印象はないし、彼らが入ってくれれば自ずと男女比は均《なら》されるだろ）

そう、思っていたのだが……迎えた生徒会初日。やって来た元中等部生徒会役員は、なんと元生徒会長である有希だけ。

「じゃあ、今日からよろしくな」

「はい、よろしくお願いいたします」

「ところで、その……相棒はどうした？」

一人でやって来た有希と一通りあいさつを交わしてから、統也は恐る恐る尋ねた。それに対し、有希は困ったように少し眉を下げて笑った。

「政近《まさちか》君のことでしょうか？　誘いはしたのですけれど……断られてしまいました」

「そう、か……」

脳内の記憶がおぼろげな政近の顔に、バツ印が付けられる。これで男女比が一対三。だが、まだ他に候補はいる。まだ入ってくれそうな男子はいる……と、思っていたのに。よもやその後にやって来るのが、マリヤの妹であるアリサだけだとは。

「アッハッハ、統也ハーレムじゃんヤ〜ッバ」

様子を見に来た元副会長にもそんな風にからかわれたが、この時もまだ統也は希望を捨てていなかった。たまたま初日に加わったのがこの二人だっただけで、明日以降も男子が加わる可能性はあると。そして事実、その後男子役員も何人か加わった。だが……

「あの、すみません……やっぱりちょっと、実力不足だったみたいで……」

「いや、なんかその、女性陣に仕事を訊《き》きにくくて……どうしても気後れしてしまうというか」

「え、理由っすか？　ぶっちゃけ副会長が怖いッス」

彼らは全員、二週間と持たずに生徒会を去ってしまった。ある者は優秀な女性陣の足を引っ張っている事実に耐えられず、ある者は美し過ぎる女性陣と円滑なコミュニケーションが取れず、ある者は下心を出し過ぎて茅咲に威圧され。結局残ったのは最初期のこの五人だけ。

（男子役員が欲しい……）

切実に、そう思った。別に誰も悪くないしむしろ良い人しかいないのだが、今のままではどうにも居心地が悪い。どうしたって気を遣う。あと、五人ではシンプルに人手が足りない。

だが、そう考えてもう六月下旬だ。これ以降、一年間役員を務め続けるような男子が加わるのが望み薄であることくらい、統也だって察していた。もしそんな生徒がいるなら、もうとっくに生徒会に加わっているだろう。

(俺が茅咲みたいに、同級生の友達を勧誘できればよかったんだがなぁ……)

一年前までぼっちのクソ陰キャだった自分には、こんな時に頼れる同級生の男友達なんていない。選挙活動の間に信頼関係を築いた相手ならいるが、一緒に遊びに行ったりしたわけではないし、友人と呼べるほどの関係ではない。

(支持者と恋人はおれど、友人はおらず、か……まあ完全に自業自得だが)

今からでもクラスの男子と、生徒会に協力してもらえるくらいの交友関係を結ぶしかないのか。だが果たして、元陰キャぼっちの自分に、一学期中にその目標を達成することなど出来るのか。

(下手したら生徒会長になる以上に大変かもな……)

内心でひっそりと溜息《ためいき》を吐きつつ、統也は一年間をこのメンバーで過ごすことを半ば覚悟した。

覚悟、していた。だから、その時の統也はそれこそ、諦め半分でぼーっと眺めていた釣り竿《ざお》に、突然本マグロが掛かった釣り人のような心境だった。

「おお、お前が久世《くぜ》か。俺は生徒会長の剣崎だ。話は聞いているぞ？　ずいぶん優秀らしいな」

後輩に任せていた備品室の整理。そこの手伝いに参加した、有希の元パートナー。

（元中等部副会長。実務能力抜群。加えて周防とも九条妹とも仲のいい一年生）

間違いなく即戦力。女性陣とのコミュニケーションも、恐らく問題ない。

（何より男！　待望の男！）

なんだこのＳＳＲキャラは。いたのかこんな超有望株が。

もちろん、頑《かたく》なに生徒会入りを断り続けているという話は有希から聞いている。が、手伝いをしてくれるということは、全く脈なしというわけではないだろう。

「じゃあ、俺はこれで」

「まあ待て。手伝ってもらって何もせず帰すのも申し訳ない。時間も時間だ。よかったら飯くらいおごらせてくれ」

この大魚、逃す手はない。なんとしても釣り上げる。差し当たってのエサは……

「まあ、ファミレスなんだけどな！」

2巻特典SS

肝試し in 前前前夜祭

「さ〜いよいよ始めるぞ！　前前前夜祭メインイベントぉ！　肝試しの時間だぁぁ——‼」

校庭に響いた毅《たけし》の雄叫《おたけ》びに、野郎共と一部ノリのいい女子達の歓声が続く。俺も一応控えめに声を上げながらも、まだ明かりが点《つ》いている職員室の方をチラ見した。諸々《もろもろ》の許可は事前に得ているが、あまり騒ぐと注意されるかもしれない。

「んじゃあ、早速くじ引きな〜。男子はこっち、女子はこっちで」

しかし、幸い先生が飛び出してくる前にクラスメート達は落ち着きを取り戻し、小さく折り畳まれた紙がたくさん入った二つのビニール袋が順繰りに回されてきた。

やがて、あちこちから「私八番」や「十一番誰〜？」といった声が上がり始める。俺もくじを引き、広げると、そこには十六と書かれていた。

「ええっと、十六番は……」

「あ、久世《くぜ》十六か⁉」

「え？」

声を上げようとしたところで、なぜか男子から声を掛けられて振り返る。

「頼む！　俺のと交換してくれ！　彼女が十六なんだ！」

「あ、あ〜あ〜……まあ、いいけど」

「助かる！　ありがとよ！」

まあ、彼女がいるなら仕方ないだろう。そう思ってくじを交換すると、そいつは嬉《うれ》しそうな顔でパートナーの下に駆けて行った。リア充が……肝試しでビビり倒してフラればいいのに。

オタクとして、様式美的にそんなことを考えてから、改めて手元のくじに目を落とす。

「さて、と……八番？　えっと、たしか……」

さっき声を上げていた女子がいたはず……と思ってそちらを見ると、目当ての女子が九《く》条《じょう》さんと話している姿が見えた。

(あれ、珍しいな、九条さんがクラスメートと話してるなんて)

もしかしたら、この学園祭の準備を通して多少なりとも距離が縮まったのかもしれない。

少し感慨深くそんなことを考えながらそちらに向かうと、目当ての女子が九条さんから離れてどこかに行ってしまった。

「え、あれ？」

その後ろ姿を目で追いながらなんとなく九条さんに近付くと、向こうもこちらに気付いた様子で声を掛けてくる。

「久世君……もしかして八番？」

「え、ああ、そうなんだけど……」

「……じゃあ、私ね」

「え？　でも……」

八番はさっきの女子だったよね？　と思いながら再びそちらに目を向けると……そこには光瑠《ひかる》に声を掛ける女子の姿が。あ～うん……なるほどね？

「んじゃまあ、よろしく？」

「……ええ」

九条さんと軽く頷《うなず》き交わしたところで、毅が声を上げた。

「よ～し、ペアが決まったか～？　じゃあ、一番から順番に行くぞ～。十一番以降はお化け役な～」

この肝試しは一応、学園祭の出し物であるお化け屋敷の予行演習という体《てい》を取っている。なので、範囲は校舎全体だが、脅かし役の生徒はきちんと本番用の衣装を着ることになっていた。

脅かし役の生徒達がぞろぞろと校舎に入って行き、二十分ほど経《た》ってから肝試しが開始される。それからまたしばらく待ってから、俺達の順番が回ってきた。

「ほ～い、次は政近《まさちか》と……九条さん？　マジかよ……」

すっかり仕切り役が板に付いている毅に呼ばれて前に出ると、毅に嫉妬交じりの目を向けられる。それと同時に、背後からも同種の視線が複数突き刺さってきた。

「……なんだよ」

「いんや〜？　んじゃま、ルールなんでね〜手ぇ繋《つな》いでくれまっか〜？」

「……おう」

と言っても、九条さん応じてくれるのかな〜？　と、一抹の不安を覚えながら隣を見ると、九条さんがじろりとこちらを見てから無言で左手を差し出してきた。そのことに少しほっとしつつ、俺も無言でその手を握る……あぁ〜うん。

(まあ、その……『デュフフ、アリサ殿の手、やわらかいでござる』って感じだ)

『なんでキモオタ風？』

『うるせぇ動揺してんだよ』

すかさず脳内に出現した小悪魔姿の有希にそう言い返していると、目の前の毅が大袈裟にやさぐれた顔をする。

「チッ」

「オイコラ毅、なんで舌打ちした？」

「べっつに〜？　九条さんと手を繋げてよかったですね〜？」

「あのなぁ、そもそもペアは手を繋ぐってルール考えたのはお前だろ？」

しかし、こうしている間にも背後から似たような視線が向けられているのを感じる。こちらは毅と違って割とガチ目に。そんな目を向けられたところで、そもそも俺達は互いに押し付けられたくじで成立したペアなんだが……めんどくさいなぁ。

「あぁ〜なんだったら、お前の相手とペアを代わぃづ⁉」

言い掛けたところで、右手を万力のような力で締め付けられて軽く肩を跳ねさせる。

「？　どした？」

「ああ、いや……」

「行くわよ、久世君」

「あ、ハイ……じゃあ、行くわ」

「お、おお……いってら」

素知らぬ顔で先を行く九条さんに、半ば引っ張られるようにして校舎内に入る。信じられるか？　こいつ、こんな綺麗《きれい》な顔してゴリラみたいな握力発揮してるんだぜ？

「何か失礼なこと考えてるでしょ」

「いえまったく」

しかも勘も鋭い。女の勘ってやつなのか？　いや、ゴリラなら野生の――

「久世クン？」

「なんでしょうか、九条さん」

九条さんの冷たい視線を、全力の真面目な表情で迎え撃つ。……真面目くさった表情、とも言うかもしれない。

「……ハァ」

そのおかげもあってか、九条さんは呆《あき》れたように小さく息を吐くと、手の力を抜いて先を進み始めた。

う〜む、おかしいな？　肝試しなのに、お化けよりもパートナーにドッキドキしてるぞ？　もちろん危機感な意味で。

いやしかし、本番はここからだ。九条さんだって女の子なんだ。いざお化けが出て来たら「キャー怖〜い」って腕にしがみついてきたり……

「バァ!!」

「！」

「ウワァァアアァァ！」

「っ」

……うん、しないね。まあ、なんとなくそんな気はしてたけどさ。

階段や教室から飛び出してくるお化け役のクラスメートに、しかし九条さんは悲鳴ひとつ上げない。精々握った手がビクッと震えるくらい。

その張り合いのない反応と冷静な視線に、脅かしてる側がむしろ居た堪《たま》れない感じになっている。飛び出してきた時の威勢のよさはどこへやら、どこかバツが悪そうに持ち場に戻っていくその姿には、見ているこっちが胸が痛くなった。

「く、九条さん？　もう少し、反応してあげてもいいんじゃないかな？」

「いやよ。ここで怖がったら負けた気がするもの」

「いや、これは勝負じゃないし……」

しかし、その後も九条さんは全然怖がることなくずんずんと先に進むと、あっという間に校舎内を一巡して一階に戻ってきてしまった。う～ん……俺、ひたすら手を引っ張られてたな？　あれ？　これ男としてアウトでは？

「ふぅ、これで終わりね。別に、怖くなかったわね」

「……うん、まあ俺の場合は怖がる暇がなかったって感じだけどね……」

複雑な気持ちでそう言いながら、出口に向かって歩いていた……その時。

「ん？」

暗い廊下の床を、何か小さなものがササッと横切ったのが見えた。瞬間、

「ひっ、いやぁ!!」

「おぉう!?」

突如悲鳴を上げた九条さんに、グイッと前に押し出された。マジかこいつ、なんの躊躇《ためら》いもなく人を盾にしやがった！

「む、無理！　日本のデカい！　あれは無理ぃ！」

「いや、俺だって決して得意ではねぇよ!?」

「いやぁ！　そっちいるぅ!!」

「だから盾にすんな！」

そこはせめて腕にしがみつくのがお約束だろ！　なんて頭の片隅で思いながらも、俺はせめてもの男の意地で、九条さんを背に庇《かば》ったままそれがいるらしき壁側を大きく迂回《うかい》し

て外へと飛び出した。

九条さんに手を引かれるまま数メートル先まで駆けるが、そこで先に外に出ていたクラスメートの視線に気付いたらしく、九条さんは急に立ち止まる。

そして、すぐさま涼しい表情を取り繕うと、余裕たっぷりに髪を払った。

「……まあ、全然怖くはなかったわね」

「……」

「……なによ」

「いや、別に？」

まあ、いいんだけどね？　別に？　お化けを怖がってなかったのは事実だし？　おかげで俺は全っ然楽しくなかったけど。肝試しだってのに、ラブコメにありがちな青春イベントなんて一個も起きなかったけど。いや、別に本気で期待してたわけじゃないけども！

「なによ？　何か言いたそうじゃない」

「いやいや〜九条さんは強いな〜と思ってね？　俺、別にいらんかったなぁと」

流石は〝孤高のお姫様〟。そう心の中で付け足して、俺は九条さんの手を離した。

【そんなこと、ない】

そこで、小さなロシア語らしき呟《つぶや》きが聞こえ、俺は振り返った。すると、自分の左手を見ていた九条さんがパッと顔を上げ、若干目を泳がせる。

「今、何か言った？」

「別に？　なんでもないわよ？」

「……そう？」

なんか、今ちょっと青春イベントっぽいものが起きた気が……気のせいか。小さかったし、聞き間違いだったのかもしれん。

……それが気のせいでなかったと知るのは、学園祭が終わったその翌日のことだった。

2巻特典SS

ケモミミ属性に目覚めた日

中学最後の学園祭。うちのクラスが企画したお化け屋敷は、なかなかの盛況ぶりを見せていた。

「お化け屋敷の受付、こちらで～す」

慣れない呼び込みをする九条《くじょう》さんの隣で、俺は教室入り口の垂れ幕をめくり、お客さんを中に誘導する。

「はい、どうぞ～。男性一名と女の子一名入りま～す！」

それと同時に垂れ幕の奥に声を掛け、お化け役のクラスメートに客の性別と年齢層、人数を伝達する。

これは、女性や子供のお客さんを怖がらせ過ぎたり、意図せぬ接触事故を起こさないようにするための配慮だ。

親子連れらしきお客さんを送り込み、一息吐いたところで、隣の教室からクラス委員長の女子が顔を出した。

「久世《くぜ》、九条さん、そろそろお化け役で入ってくれる？」

「ん、了解」

「分かったわ」

交代でやって来たクラスメートに受付と呼び込みを代わり、俺と九条さんは隣の教室に入った。隣のクラスは校庭で露店を開いているため、教室を出店スペースとして使っていない。そこで、教室の後ろ半分を更衣室兼休憩室として貸してもらっているのだ。

「久世はこっち、九条さんはあっちね。中に衣装置いてあるから」

「ちなみに、なんの衣装なんだ？」

「久世はのっぺらぼう、九条さんは化け猫ね。それじゃあよろしく」

それだけ言うと、委員長は足早に教室を出て行ってしまった。一人でクラスのマネージャー役をしているだけあって、なかなか忙しいらしい。

「んじゃま、着替えますか」

「ええ」

なんとなく九条さんと視線を交わしてから、俺は教室の一角に布を張っただけの簡易更衣室に入る。

中に入ると、足元に白い浴衣と草履、そして頭にかぶるのっぺらぼうマスクが入った段ボールが置いてあった。

「これ、息苦しそうだなぁ……」

一応目の部分には小さな穴がたくさん開いているのだが、口元にはそういった加工が一切されていない。これをずっとかぶり続けるのは何気につらそうだ。

流石に今の段階からこれをかぶる気にはなれず、俺は浴衣と草履だけ身に着けると、自分の服を段ボールに入れて外に出た。

段ボールの外側に自分の名前を書き、教室後方のロッカーの上に置くと、姿見で自分の衣装を確認する。

「ん……少し丈が短いが、まあいいだろ」

お化け役の衣装は使い回しなので、どうしたってサイズがピッタリとはいかない。だが、まあこのくらいなら……

（ん？　待てよ？）

そこで、ふと気付いた。俺は男子の平均身長より少し大きいくらいだからこのくらいで済んでいるが……女子の平均身長を大きく上回る九条さんは、結構大変なのではないか、と。

思い至って窓側の簡易更衣室の方を振り返ると、案の定と言うべきか、何やらトラブっている気配がする。そちらに近付くと、九条さんの「え？　でも……え？」という、焦りと困惑に満ちた声が聞こえた。

「九条さん？　大丈夫？」

「く、久世君？　ああ、うん……大丈夫っていうか……」

「もしかしてサイズが小さい？　もう少し大きいのに替えてもらおうか？」

「ううん、サイズはピッタリなんだけど……」

「？　じゃあ、着方が分からないとか？」

「そうじゃないの。そうじゃなくて……」

いまいち歯切れが悪く、要領を得ない返答に、俺は首を傾げる。

化け猫の衣装は、浴衣に猫耳と猫しっぽを着け、付け牙を装着するものだったはずだ。帯の結び方は全員で練習したし、猫目のカラコンは価格面と使い回しが出来ないということから却下になったので、特に苦労する点はないと思う。

「えっと、着替えることは出来たんだよな？」

「うん、まあ……」

「じゃあ、何が問題？」

「何がって……」

「まあいいや。一回出て来なよ。何か問題が起きてるなら見てあげるから」

「……」

しかし、九条さんは出て来ない。何を躊躇《ためら》っているのか、じっと沈黙を守り続けている。

(なんだ？　もしかして、また他人の手を借りたくないとか思ってるのか？)

なんでも自分一人で完璧にやり遂げようとするのは、九条さんのいいところでもあり悪いところでもある。時間があるなら本人の気が済むまでやらせてもいいが……今は他のクラスメートを待たせている状態だ。ここでいつまでも無意味な問答を続けているわけにはいかない。

(困った時は、素直に他人を頼れってのに……仕方ない、ここは多少強引に行くか)

もう着替え終わっているなら、特に問題はないだろう。そう考え、俺は更衣室の布に手を掛けた。

「開けるぞ～？　開けるからな～？」

「え？　あ、えっと、それは……」

「は～い、開けま～す」

九条さんの困惑した声に構わず、俺は更衣室の布を引き開け——

「あ……」

「は……？」

目が合った。とんでもなく肌色成分が多い九条さんと。

「え、あ、は……？」

一瞬、下着かと思ってしまったが……違った。いや、それは下着姿よりも遥《はる》かに素晴らしいものだった！　その銀髪に合わせた灰色がかった白い猫耳と猫しっぽ。それと相反するように白い肌を彩る黒い……いや、もうこれ下着だな！　しかも、首元にはチョーカーと鈴まで着けていらっしゃる！　化け猫？　否《いな》！　これはむしろケットシー。その存在そのものが男を惑わせる、妖精猫様なのだ!!

「あ、ひ、いや……」

固まった状態でオタク脳をフル稼働させる俺にガン見され、それまで呆然《ぼうぜん》としていた九条さんが両腕で胸元を隠し、瞳を潤ませ始める。

「ご、ごめ――っ！」

その姿に、俺も反射的に謝罪の言葉を口にし掛け――グッと言葉を呑《の》み込んだ。

（違う！　そうじゃない！　ここで謝ったら、俺が見てはいけないものを見てしまったと認めることになる！　九条さんが、見せてはいけないものを見せてしまったことになる！　そうしたら、九条さんの心に傷を負わせることになるじゃないか！　謝罪じゃない。今、俺がすべきは――）

俺はキッと視線を鋭くさせると、後方に跳びすさりつつ、大きく息を吸う。そして、流れるように全力土下座をしながら、腹から声を出した。

「ありがとうっ、ございまぁす!!」

「え――」

困惑した声を上げる九条さんに構わず、俺は教室の床に額を押し付けながら勢いに任せて叫んだ。

「とても素晴らしいです！　拝めます崇《あが》めますその姿でちょっと恥ずかしそうに『にゃ、にゃー』とか言われたら死ねる自信があります！　きっちり鈴まで標準装備とは大変よくお分かりですね！　それはそれとしてやっぱり黒は最高だなと思う次第でありますがああもう本当にありがとうございます!!」

オタク特有の早口語りを怒涛のようにぶちまけると、教室内には沈黙が横たわった。九条さんも呆気《あっけ》に取られたのか、悲鳴はおろか身動きすらする気配がない。

(フッ、決まった)

ノリと勢いで九条さんの羞恥心やショックを完全に吹き飛ばせたことを確信し、俺は床を見つめたままニヒルな笑みを浮かべ……さて、ここからどうしようかと考える。

と、そこで背後の扉が開き、委員長の声が聞こえた。

「ごめんごめん九条さん、お待たせ〜。今化け猫役の子連れて来たか、ら……」

土下座をしたままチラリと振り返ると、そこには委員長と化け猫の格好をした女生徒が、ポカンとした表情で立ち尽くしていた。

「あ、え……九条、さん？」

「え……え？」

「あ、いや、その衣装は手芸部の……あの、ちょっとした冗談っていうか……まさか、ホントに着てくれるとは」

そこまで呆然と言ってから、不意にハッとした表情になると、二人は慌てて扉を閉めてこちらに駆け寄ってきた。

「と、とにかく！　この子の衣装に着替えて！」

「九条さん！　か、隠して！　ちょっと久世君！　さっさと出てって！」

「……うぃっす」

途端に姦《かしま》しくなった教室から、視線を下げたままそそくさと退散する。

(うん、まあ傷は浅く済んだ、かな?)

そんなことを考えながら、そっと教室の扉に手を掛けたところで、

「久世君」

背後から少し尖った声に呼び止められ、軽く肩を跳ねさせてから恐る恐る振り返ると、更衣室の布で首から下を隠した九条さんがこちらを睨《にら》んでいた。

「い、今のは、早いうちに忘れること!」

「……善処します」

内心絶対無理だと思いながらも、当たり障りのない返答をする。そんな俺の内心を見透かしたように、九条さんはますます視線を鋭くさせた。が、すぐに視線を横に逸《そ》らすと、何やら布を摑《つか》む手をくいっと曲げる。あれは……ん? 猫の手、か?

【Мяуу!】

【……】

その瞬間、俺は無事死亡した。

3巻特典SS

せんせ〜、会長と副会長が朝からラブコメしてま〜す

少しずつ生徒が集まり始めた朝の征嶺学園《せいれいがくえん》。その生徒会室に、窓から差し込む朝日を背にして業務に励む二人の姿があった。

「よし、これで来光会との話し合いもクリア……あとはこれを職員室に提出して、学園からの返答を待つだけだな」

「お疲れ。なんとかなりそうだね」

「あぁ……公約を破らずに済みそうで安心したよ」

その二人は、生徒会長の剣崎《けんざき》統也《とうや》と副会長の更科《さらしな》茅咲《ちさき》。現生徒会を代表する二人組であり、校内一有名なカップルでもある。

現在、二人は休日の間に行ったOB会——正式名称来光会との話し合いに関する資料を、まとめている最中だった。内容は、征嶺学園の制服の変更に関する提案。統也が会長当選時に掲げた公約のひとつであった。

「しっかし、あの人らの頭の固さには驚いたよね……毎年熱中症で倒れてる生徒がいるって言っても、なっかなか首を縦に振らないんだから」

「まあ、どこの世界でも年寄りは頭が固いって言うからな……それも、茅咲のおかげでなんとかなったが」

「え？　あたし？　……なんかやったっけ？」

「いや……」

ポカンとした表情を浮かべる恋人に、統也は内心「俺の隣でずっと殺気を放っててくれたじゃないか」と思ったが、流石にそれを正直に言葉にするのは憚《はばか》られた。大企業の重役や一流の政治家も所属する来光会の面々が、茅咲の放つ「御託はいいから黙って頷《うなず》けや」と言わんばかりの殺気に完全に気圧《けお》されていたのだが、本人に自覚がないなら仕方がない。統也は少し考え、当たり障りのない答えを返した。

「……お前が隣にいてくれたから、俺もあの面々を相手に堂々と交渉できたんだ。だから、お前のおかげだ」

会長席に座ったまま、統也が傍《かたわ》らに立つ茅咲にそう告げると、茅咲は照れくさそうな笑みを浮かべて統也を見返す。

「統也……ううん、統也が頑張ったからだよ」

「茅咲……」

そのまま見つめ合い、二人の間に甘い空気が流れ始める。すると、茅咲が何やら獲物を前にした獣のような笑みを浮かべて統也が座る椅子をくるりと回すと、前屈《まえかが》みになって椅子の肘置きを摑んだ。自然、統也は正面から茅咲にのしかかられるような体勢になり、椅子の上でのけ反る。

「ち、茅咲？　ちょ、ちょっと待て。ここは生徒会室だぞ？」

「いいじゃん……誰も来ないって」

「それは……そうだろうが、流石に生徒代表である俺らが朝っぱらから風紀を乱すようなことするのは⁉」

慌てふためきながら恋人を押しとどめようとする統也だったが、茅咲は愉悦のにじむ笑みを浮かべたままなおも顔を近付けてくる。

「風紀を乱すようなことって……どんなこと？」

あ、喰《く》われる……

そんな直感が脳裏に瞬《また》き、統也が目を見開いたまま覚悟を決めようとした——その時。

「！」

突如、茅咲がパッと顔を上げ、生徒会室の扉の方を振り返った。そして、

「っ！　伏せて！」

「え、うぉっ⁉」

茅咲に押され、座ったまま限界までのけ反っていた統也は、椅子の上を滑り落ちるようにして床に尻もちをついた。

「こっち！」

「痛っ、なん——」

痛がる間もなく、訳も分からないまま茅咲に机の下に押し込められる。そして、すぐさま茅咲も空いているスペースに体をねじ込み、二人はさながら茅咲が統也を押し倒しているかのような体勢で机の下に収まった。直後、生徒会室の扉が開く音がして、統也は反射的にそちらを振り返る。

「で、どうした？」

すると聞こえてきたのは、生徒会庶務の政近《まさちか》の声。その後、会計のアリサの声も聞こえてくる。どうやら、二人で何か秘密の話し合いをしているらしい……が、統也はちょっと、それどころじゃなかった。だって、客観的に今の自分達を見たら完全にアウトだったから。

（いや、理由は分かったが……これ、二人で隠れる必要はなかったんでは？）

そもそも、隠れる必要自体がなかった。やましいことをしようとしていた後ろめたさからとっさに隠れてしまったのだろうが、普通に体を離して業務に戻ればそれでよかったはずだ。

（むしろ、こんな状況を見られたらそれこそ言い訳が出来ない気が……）

そんな呆れとわずかばかりの非難を込めて前を見れば、そこには思ったより近い位置に恋人の顔。その凛々《りり》しくも美しい顔がじわじわと赤く染まり、統也は何事かと眉をひそめ……そこで気付いた。

中途半端な形で立てられた自分の脚。その膝頭に、茅咲の……たくましい、腹筋が当たっていることに。膝に伝わる尋常ではないその硬さ、流石の統也もこれにはビックリ。

（な、なんてたくましいんだ……！　くっ、俺も負けてられん！）

なんだか、恋人の体に触れた男子高校生にしては奇妙な反応をする統也。一方で茅咲の方は、恋人の体に触れた女子高生として至極真っ当な（？）反応をした。

密着した体をもぞもぞと動かすと、瞳を潤ませながら更に統也に顔を近付ける。鼻先が触れ合いそうなその距離に、統也は机の下でのけ反る……スペースがない。かと言って下手に声を出すのは明らかに危険だし、体を支えている腕を動かしたらこれまた体勢が崩れて音がしてしまいそう。結果、なすすべなく恋人の接近を許すしかない統也だったが……

「で、いつまで隠れてるつもりですか？　会長、更科先輩」

そこで不意に響いた政近の言葉に、茅咲が弾かれたように頭を上げた。直後響く、ゴンッ！　という鈍い音。

「〜〜〜〜っ!!」

声にならない声を上げながら、後頭部を押さえて机の下から転げ出す茅咲。その姿を心配半分安堵《あんど》半分で見つめながら、統也は机の下から這《は》い出すと、後輩に言い訳をすべくゆっくりと立ち上がるのだった。

……茅咲の頭突きを受けた箇所が、思いっ切りへこんでいるのには見ない振りをして。

Иногда Аля внезапно кокетничает по-русски

3巻特典SS

初デート延長戦

「ほら、ここよ」

「うわ～オッサレー」

熟成肉専門店での昼食を終えて、政近《まさちか》がアリサに連れられてやって来たのは、なんだかおとぎ話にでも出て来そうな白と薄緑を基調にした可愛らしい一軒家のお店だった。

「いらっしゃいませ～」

女性店員の明るい声に迎えられて中に入ると、正面にはテーブル席が並んでおり、左側には色とりどりのケーキを収めた長いショーケースが鎮座していた。アリサの口ぶりからすると、持ち帰りではなく店内で食べるつもりなのだろう。そう考え、政近はテーブル席が空いているかザッと見回し……なんとも言えない気分になる。と、言うのも……

（うん……やっぱり、女性客ばっかりだな）

平日昼間のケーキ屋という時点で察しは付いていたが、テーブル席に座っているのは、ほとんどが女子大生グループかマダムの集団だった。席は空いてはいたが……この中に突入するのかと思うと、流石に少し気後れしてしまう。

しかし、アリサはそんな政近の内心に気付いた様子もなく、いそいそとショーケースの方に向かってしまった。やむなく政近もその後を追う、が……

（ちょっと待て……ショートケーキ一ピース七百円⁉　高くね⁉）

そこに表示されている値札に、思わず目を見張る。見れば、ショーケースに並ぶ宝石のようにキラキラとしたケーキの数々、そのどれもが五百円以上。ボードに書かれているドリンクメニューも、もれなく六百円以上だった。

（あんまりケーキとか買わないけど……これは高いよな？　店によってはこの半額くらいで買える気がするんだが……）

普段の一食分の食事代を上回る値段のケーキに、政近は内心尻込みする。

「久世《くぜ》君？　決まった？」

「え？　あ、ああ……」

アリサの問い掛けに頷き、とりあえずチョコレートケーキとアイスコーヒーだけ注文しようと考える政近だったが……その耳に、アリサの信じがたい声が飛び込んで来た。

「えっと、ショートケーキとチョコレートケーキ、あと季節のフルーツタルトと、こっちのミルクレープとクリームチーズケーキ。あと飲み物はカフェオレで」

ひとつじゃない、だと……⁉

思わず戦慄する政近。いや、ケーキの数に騙《だま》されてはいけない。そっちも十分ヤバいが、飲み物のチョイスもヤバい。

相っ変わらず飲み物で甘さを中和しようという意思が全く感じられない。聞いているだけで甘さに震えそうだった。店員さんもちょっと笑みが引き攣《つ》ってる。

「久世君は？」

「あ、あぁ……じゃあ、このチョコレートケーキとアイスコーヒーで……」

「？　ひとつでいいの？」

「……いい」

不思議そうに訊《き》いてくるアリサに、内心「いや、普通ひとつ、多くても二つだろ……」とツッコミを入れつつ、政近は頷いた。

少し待っていると、店員さんがトレイにケーキと飲み物を載せて渡してくれる……が、流石にケーキ五個にグラスは載り切らなかったのか、政近のトレイにグラスが二個載せられていた。

(店側の想定する積載量超えてんじゃん……)

しかし、アリサはさほど気にした様子もなく「ドリンクよろしくね？」とだけ言うとテーブル席の方に向かってしまう。店内の女性客がその姿を目で追うのは、その美貌ゆえかケーキの量ゆえか。恐らく両方だろうと、政近は思った。

「えっと、それじゃあ……かんぱ〜い？」

「……かんぱい」

席に着くと、またしても微妙な感じでグラスを合わせてから、各々ケーキにフォークを突き刺す。

「うん、おいしい」

お値段相応というのか、政近が注文したチョコレートケーキはスッと舌の上で溶ける飽きが来ない甘さで、次々と口に運びたくなるおいしいケーキだった。……だった。目の前に、実際に次々とケーキを口に運ぶアリサの姿がなければ。

(見てるだけで胸焼けしそうなんだが……)

五つのケーキを順に持ち替えては一口ずつ口に運び、嬉《うれ》しそうに口元をほころばせるアリサ。その笑顔自体は大変に可愛らしく心惹《ひ》かれるものだったが、やってることはなかなかにエグい。見ているこっちまで口の中が甘くなってきそうだった。

しかし、アリサはそんな政近の視線をどう思ったのか。ぱちぱちと瞬きしてから自分のケーキをチラリと見下ろすと、ニヤリと悪戯《いたずら》っぽい笑みを浮かべた。その笑みに、政近は非常に嫌な予感がする。

「一口、食べる？」

ほ〜ら来た。なんだか知らないが、今日のアーリャさんは攻めの姿勢らしい。

一口大に切ったケーキをフォークで差し出してくるアリサに、政近は頬を引き攣らせる。

周囲の女子大生とマダムの「あらあら♪」と言いたげな視線が痛いが、ここで拒否ったらもっと痛くなるのは目に見えていたので、観念して口を開ける。

そして、なるべくフォークに触れないようにケーキを口に含むと、無言で咀嚼《そしゃく》。

いろんな意味で口の中が甘ったるいが、そんなことはおくびにも出さずにそう伝え、さっさと自分のケーキに戻ろうと……したが、甘かった。予測的な意味で。

「……おいしいな」

「じゃあ、こっちもどうぞ？」

更に続くアリサの攻撃！　この流れはどう考えても五連撃だ！

もはや無の境地で口を開ける政近の口に、次々と放り込まれるケーキ。とにかく甘い。甘い。甘い……

（そう言えば……俺、前にアーリャに唐辛子食わせたことあったっけ）

ならば、これはある意味因果応報とも言えるのだろうか。そんなことを考えながら、黙々とケーキを食す政近。その前で、アリサは。

【楽しい♡】

心底楽しそうな表情で、そんなことを呟《つぶや》くのだった。

3巻特典SS

周防有希はラスボスになり切れない

「有希《ゆき》様、ただいま戻りました」

意地悪姑《しゅうとめ》もドン引きするレベルの掃除を成し遂げて久世《くぜ》宅を辞した綾乃《あやの》が、周防《すおう》家に戻ると。有希は、自室のベッドにうつ伏せになり、枕に顔を埋めていた。

「有希様？　お体の具合がよろしくないのですか？」

「んん〜やぁ〜〜？　ちょっと自己嫌悪……」

のそのそと枕の端から綾乃に視線を向け、有希は溜息《ためいき》を吐く。そして、枕にぐりぐりと顔を押し付けながら、唸《うな》り声《ごえ》とも呻《うめ》き声《ごえ》ともつかない声を上げた。

「うぬぁぁ〜〜アーリャさんがいい人過ぎて心が痛むんじゃぁぁぁ〜〜」

「……」

「やっぱやり過ぎたかなぁ？　でも、あの好機をみすみす逃すのは絶対違うと思うし、やるなら全力でやらなきゃだし、おじい様はガンガンプレッシャー掛けてくるしぃ〜〜〜むぬぁぁぁ〜〜」

頭を枕にねじ込むように身悶《みもだ》えしながら、有希は小さな足をパタパタと動かす。その光景を、綾乃はいつも通りの無表情でじっと見守っていた。

綾乃は、有希がアリサに対して具体的にどのようなことをしたのかは知らされていない。しかし、有希の姿から、アリサとの友情にヒビが入るようなことをしたのは薄々察した。

(本来であれば、わたくしがそういったことを引き受けるべきなのでしょうが……)

苦悩する主人を前に、綾乃は自分の無力さを噛《か》み締《し》める。

人の上に立つ者は、綺麗《きれい》でなくてはならない。綺麗な目で、美しい理想を真っ直ぐに語らなければならない。そうしなければ人は集まらない。

そして……上に立つ者が綺麗でいるために、汚れ役が必要なのだ。政近《まさちか》がまさにそれだ。かつては有希に、今はアリサに清廉潔白なリーダーとしての役目をやらせ、自らは汚れ役として交渉や根回し、対立候補との水面下での駆け引きなどを一手に引き受けていた。

しかし、綾乃にはそれが出来ない。駆け引きは綾乃が苦手とする分野だし、そもそも性根が善良過ぎて、人に嘘を吐いたり騙したりといったことが出来ない。

(わたくしは、なんのために有希様のパートナーをしているのでしょうか……)

通常の生徒会業務であれば、綾乃は高水準でこなすことが出来る。しかし、それは生徒会役員に必要とされる能力であり、選挙戦において役立つ能力ではない。政近や乃々亜《ののあ》のように、人脈も交渉力も持たない自分には、一体何が出来るのか……綾乃は考えた末に、有希の突っ伏すベッドに歩み寄った。その視線の先で、パタパタと動いていた有希の足がパタッとベッドに落ちる。

「ハァ……こんなんではラスボスにはなれない……」

ぐったりと呟く有希の後頭部をじっと見つめながら、綾乃は有希に声を掛けた。

「有希様」

「ん～？」

「お話しください。お心の内の全てを。せめて共に背負い、共に悩ませてください」

ベッドの脇にしゃがみ、有希と同じ視線の高さでそう語り掛けると、有希は少し目を見開いた後、再び枕に顔を埋めた。

「いやぁ、綾乃に愚痴るほどのもんじゃないんだけどね……ま、しばらくしたら復活するよ」

だるそうな雰囲気を放ちながら、やんわりと綾乃の申し出を拒否する有希。普段の綾乃なら、言外に含んだ「放っておいてほしい」という意図を汲《く》んで、そっと部屋を出て行くだろう。しかし、綾乃はその場に留《とど》まったまま、有希に静かに語り掛けた。

「有希様」

「……」

「わたくしは有希様が、主人として、従者であるわたくしに甘えないようになさっていることは存じております……ですが、今のわたくしは有希様の従者であると同時に、共に会長選挙に挑むパートナーでもあります」

「……」

「どうか、ここはパートナーとして、わたくしを頼ってはくださいませんか？　でなければ……わたくしが有希様のパートナーを務めることに、何の意味がありましょう」

「……なんだ、そんなことを気にしてたの？」

有希はひょいっと頭を上げると、綾乃の前までハイハイで移動し、ベッド端に腰掛けた。そして、至近距離から綾乃の目を覗《のぞ》き込んで言う。

「たしかにね。お兄ちゃんレベルの万能チートキャラがサポート役にいれば便利だよ？　すんごい楽できるもんね」

「……」

やはり、自分では政近の代わりにはなれないのか。我が身の不甲斐《ふがい》なさに瞳を伏せる綾乃の耳に、有希のあっけらかんとした声が届く。

「でもね、別にいなくても問題ない」

「え……」

意外感から目を見開く綾乃の前で、有希は不敵な笑みと共に脚を組んだ。

「なぜなら、あたしもまた万能チートキャラだからね」

傲然と胸を反らしてそう言い切ると、有希は綾乃を見下ろして続ける。

「あたしに必要なのは、あたしに対する理解度と忠誠度が高いパートナー。人脈？　交渉力？　いらないよそんなの。あたしが持ってるし」

「……」

「あたしがパートナーに求めるのは、あたしが自分の力を十全に発揮できるようにすること。その点、綾乃以上の適任はいないよ。あたしの全てを知った上で、サポート役として十全に立ち回ってくれるんだから……今回のこともそう。あのお兄ちゃんを、あたし達で出し抜いたんだよ？　他の人とじゃ絶対できないでしょ」

有希の言葉に、綾乃は心のモヤモヤが晴れていく感覚がした。迷いのなくなった綺麗な瞳で有希を見上げる綾乃に、有希はニヤリと自信満々に笑う。

「だから、綾乃はこれからも、あたしに忠実に動いてくれればいいんだよ。そしたら……あたしは、お兄ちゃんにもアーリャさんにも絶対に負けない」

「……はい。これからも、変わらぬ忠誠を有希様に捧《ささ》げます」

その場にぺたんと座り込み、深々と頭を下げる綾乃。図らずも土下座のような体勢になってしまっている綾乃に、有希は気まずげに視線を逸《そ》らした。

「あぁ～……でもその、今回はちょっと綾乃に嫌な役目をやらせちゃったね……。お兄ちゃんに毒を盛る……ってのは言い過ぎだけど、それに近いことをするのは心苦しかったでしょ？」

「……」

頭を下げたまま、沈黙で肯定する綾乃に有希は苦笑を漏らす。

「まあその労《ねぎら》いってことで、何かしたいんだけど……希望はある？」

「……それでは、僭越《せんえつ》ながら」

「おっ、あるの？」

普段はそういった希望を一切口にせず、訊かれても遠慮する綾乃が、意外にもリクエストしようとする素振りを見せたことに、有希は驚きと嬉しさを覚える。

「なになに？　言ってみて？」

「では……」

表情をほころばせ、キラキラした目で身を乗り出す有希の前で……綾乃は、少し恥ずかしそうに視線を逸らして言った。

「頭を……踏んでいただけませんか？」

「なんて？」

3巻特典SS

アーリャさんメイド服着るってよ

「ええっと、あの時の放送では……」

久世《くぜ》宅のリビングにて。アリサは、風邪で寝込む政近《まさちか》のためにボルシチを作る傍《かたわ》らで、明日の校内放送に向けた準備をしていた。

時々お鍋の様子を気にしながら、ノートに台本を書き込むアリサ。その思考を……不意に響いた、ガチャンという開錠音が断ち切った。

「え……？」

パッと顔を上げ、耳を澄ますと、なんと玄関からこちらに歩いてくる足音がする。

――誰かが入って来た。その事実に、アリサは軽くパニックになった。

（え、だ、誰？　家族？　まさか久世君のお父さん？　そんな、まだ、心の準備が――）

パニックでとっさに動けないアリサを余所《よそ》に、リビングに続く扉がガチャッと開く。そして、硬直したまま見守るアリサの前に現れたのは――

「……お疲れ様です、アリサ様」

「……え？　君嶋《きみしま》さん？」

大きなボストンバッグを手に持った、私服姿の綾乃《あやの》だった。完全に予想外の人物の登場に、アリサはただぱちぱちと瞬《まばた》きをする。

「な、なんで……？」

「なんで、と申されましても……わたくしは、政近様がお一人で難儀されているだろうと、有希《ゆき》様のご指示で看病に参ったのですが。アリサ様は？」

「わ、私も看病よ……って、そうじゃなくて！　なんで、鍵……」

「有希様は、こういった有事の際に備えて政近様に合鍵を託されておいでですので」

「あ、合鍵……」

なかなかに破壊力のある単語が飛び出してきて、アリサは言葉に詰まった。しかし、そこで綾乃の視線が手元のノートに向いたので、アリサは慌ててノートを閉じる。

有希への対応策を練っていたことから過敏に反応してしまい、内心「しまった」と思うアリサだったが、綾乃は特に気にした様子もなく小首を傾げる。

「少々、着替えてまいりますね」

「え、ええ」

頷《うなず》いてから「ん？　着替え？」と思うが、その疑問を解消する前に綾乃は引っ込んでしまった。

（……汗を掻《か》いたから、着替えるのかしら？）

そんな風に軽く考えていたアリサだが……十五分後。現れた綾乃の姿に呆気《あっけ》に取られた。

「それ、は……？」

「？　メイド服ですが」

見れば分かる。問題は、なんでそんな格好をしているのかだ。そんなアリサの疑問を察したのか、綾乃は恭しい態度で答えた。

「政近様のお世話をさせていただく以上、正装で臨まなければなりませんので」

「正、装……」

正装という言葉に反して明らかに装飾過多なメイド服を上から下まで眺め、アリサは微妙な表情になる。しかし、当の綾乃に冗談を言っている様子が全くなかったので、アリサも無難な対応をすることにした。

「……可愛いわね」

実用的かどうかはさておき、そのデザインを褒めるアリサ。すると、綾乃が無表情のままキラッと目を輝かせた。

「よろしければ、アリサ様もお召しになりますか？」

「え？」

「こちら、わたくしのメイド服を作る際の資料用に取り寄せたものなのですが……」

そう言って、なんと綾乃はボストンバッグからもう一着メイド服を取り出すと、アリサに向かって広げて見せた。

「いかがでしょうか？　政近様の看病をされるというのであれば、やはりこういった服装をされた方がよろしいのではないでしょうか？」

「な、なんでそんなもの持って来て……」

アリサのもっともな疑問に、綾乃は数瞬静止してからスッと視線を逸らし、小さく「予備です」と答えた。明らかに嘘を吐いているその様子は気になるも、アリサはそれ以上追及することはなく、じっと綾乃が持つメイド服を見つめる。

正直、かなり心惹《ひ》かれた。明らかにコスプレだという点は少し気になるが、メイド服それ自体は非常に可愛かったから。それに、こんな機会でもなければ一生着ることのない衣装だ。更に、同じくメイド服を着ている綾乃に、全く羞恥を感じている様子がないのも大きかった。いわゆる、赤信号みんなで渡れば怖くないの心理である。

ただ、気になるのは……

「政近様とお鍋の様子が気になるのでしたら、ご安心を。わたくしがきちんと見ておきますので」

「そ、そう……」

懸念を払拭され、アリサの心の中の天秤《てんびん》がググーッと傾く。

「それじゃあ、せっかくだから……」

結果、アリサはおずおずと綾乃からメイド服を受け取った。そして、洗面所で着替えること数分。

「大変、よくお似合いです……」

「そ、そうかしら？」

　メイド服に着替えたアリサは、綾乃の真っ直ぐな賛辞に照れを見せた。綾乃は無表情ながら、目をキラキラとさせてなおもアリサを褒めちぎる。

「とても可愛らしく、それでいて品があります。素晴らしいです」

「そ、そう？　ありがとう」

「せっかくなので名札も付けましょう」

「な、名札？」

　戸惑っている間に、綾乃はどこから取り出したのかピンクのハート形の名札に〝アーリャ〟と書くと、それをアリサの胸に付けた。

「更に可愛らしさが増しましたね。完璧です」

「そう、かしら？　ならいいけど……」

　綾乃の称賛に、アリサは戸惑いながらもまんざらでもない表情で笑みを浮かべた。なかなかのチョロさである。

「記念に、写真をお撮りしましょう。スマホを貸していただけますか？」

「そうね、せっかくだし……お願いしようかしら」

　すっかりいい気分で、アリサはスマホの前で次々とポーズを取った。綾乃がそれを一切冷やかさず、むしろいちいち褒めるせいで、どんどん気分が乗ってしまう。

　そうして、ノリノリで写真撮影をする二人だったが……不意に響いたドアが開く音に、同時にそちらを見た。

「……」

見れば、そこにはパジャマ姿の政近。半開きのドアから、ポーズを取ったまま固まるアリサをぼんやりとした目で見つめている。

「……」

「……」

痛いほどの沈黙の中。政近は不意に、頭痛を覚えたかのように額を手で押さえると、無言で部屋に戻っていった。

「ぁ、や……」

そこで一気に我に返り、アリサはドッと汗が噴き出るのを感じた。羞恥に顔を赤く染め、その場にうずくまるアリサ。それに、綾乃は「何をそんなに恥ずかしがっているのだろう」という風に首を傾げながらも、フォローを入れる。

「大丈夫です。あの反応を見ますに、恐らく夢だと思われたのではないでしょうか。熱でぼんやりされていたようですし」

「う、うぅ……」

定かなことは分からない。しかし、アリサとしてはどうかそうであってほしいと願うしかないのであった。

アーリャ

4巻特典SS

乃々亜とサイコーな遊園地デート

「きゃあぁぁ――――!!」

「ひゃあああぁぁ――!!」

「うおおぉぉぉ!?」

悲鳴とも歓声ともつかない声が響く中、ガタガタと激しい音を立てながら疾駆する木造コースター。レールの高低差はそれほどでもないが、とにかく振動が凄《すご》い。

先程乗ったコースターとはまた違ったスリルに、政近《まさちか》は高揚感に満ちた歓声を上げる。が、その隣に座る臨時パートナー、乃々亜《ののあ》はというと、

「お～」

いつも通りのやる気なさそうな半眼のまま、棒読み気味に感心したような声を上げていた。怖がっている様子はないが、楽しんでいるようにも見えない。むしろ、「へぇ～こんなに速度出るんだ～ふ～ん」くらいの感想しか抱いていないように見えた。

「……」

とても絶叫マシーンに乗っているとは思えない気のないリアクションに、政近は思わず

苦笑してしまう。そして、コースターが速度を落とし始めたところで、乃々亜に率直に尋ねた。

「……なぁ」

「ん〜？」

「楽しいか？」

「ん？　まあ楽しいよ？」

「そ、そうか」

チラリと視線だけをこちらに寄越《よこ》してそう答える乃々亜に、政近は「杞憂《きゆう》だったか」と頭を掻く。

「周りのワーキャー言ってる人間見てると、なんか面白いなぁって」

「楽しみ方がサイコ」

しかし、続く乃々亜の言葉ですぐに真顔になった。まさかのアトラクション自体ではなく、それに乗る人間達を興味の対象にしていらっしゃった。

「いや、そうじゃなく……コースター自体はどうだったんだよ」

「え？　……落ちたら死ぬなぁって」

「とことん視点が、ヒトを実験動物として見るマッドサイエンティストのそれなんよ」

分かってはいたことだが……ホントにつくづく、一般的な人の感性からはずれていらっしゃる。もちろん、政近だって「これ、落ちたら死ぬじゃん……」という考えが浮かぶこと自体はある。しかし、乃々亜の場合は、その考えに付随するべき〝恐怖〟という感情が全く感じられない。落ちたら死ぬということを、ただの事実として認識しているのだ。

（すげぇな、これがガチのサイコパスってやつなのか……）

感心やら戦慄やらがない交ぜになっている政近に、乃々亜がついっと流し目を向ける。

「まあ、くぜっち相手なら隠す必要ないしね～……普通の女の子っぽく怖がってほしいってんならそうするけど？」

「いや、いい。むしろそうするお前が怖いから」

「ひっどい言われよぉ～……これでもアタシ、他のトモダチの前では上手《うま》くやってるんだけど～？」

「だからこそ怖いんだよ……」

そう言ってから、政近はふと、このサイコな同級生がどこまでやったら反応を見せるのか興味が湧いた。というわけで、コースターを降りた政近は、乃々亜と共にいろんなタイプの絶叫マシーンをはしごする。

空中ブランコ、バイキング、急流滑り、フリーフォール……

「で、どうだった？」

「ん？　落ちたら死ぬなぁって」

「全部一緒！　もう全っっっ部一緒!!」

全く同じ感想を繰り返す乃々亜に、政近は力いっぱいツッコんだ。果たして、ここまで張り合いのない客が他にいるだろうか。遊園地側からしても、「お前何しに来たんや……」と思われるのではなかろうか？

「そろそろ戻る？　けっこーいい時間だけど」

「……そだな」

素知らぬ顔で時間を確認する乃々亜に、政近も諦念と共に頷《うなず》く。しかし、有希《ゆき》たち三人が待つ場所に向かう途中で、ふとお化け屋敷が視界に映って立ち止まった。

(う～ん……こういうタイプの怖いやつだったら、反応見せるのか？)

そんな疑問が湧き、政近は最後にお化け屋敷に寄ることにした。のだが……

「ウヴァァァァァ！」

「お～」

「いや、だから人間観察するなよ……」

案の定と言うべきか……物陰から飛び出してきた血塗《ちまみ》れの男に、至極冷静な目を向ける乃々亜。あまりにも淡々としたその反応に、同行する政近もなんだか怖くなくなってしまった。あと、飛び出してきたスタッフさんもなんか反応に困っていた。

「ウブォ、ウブァァァ！」

「ふ～ん」

なぜか逃げないギャルを、一生懸命威嚇するスタッフさん。それを半眼でじっと眺める金髪ギャル。なぜだろう、むしろ脅かす側が、静かに追い詰められている気がするのは。

「おい、やめて差し上げろ。行くぞ」

見かねた政近が、乃々亜の腕を引っ張って先に進む。すると、その先で突然ガタガタガタッと戸棚が揺れた。思わぬ不意打ちに、政近は少しビクッとなってしまう。

「……へぇ」

「だから人間観察すんな」

驚きに身を強張《こわば》らせた途端、乃々亜から興味深そうな目を向けられ、政近は気まずくなった。その後も、結局乃々亜が怖がることは一度もないまま出口に到着。二人は悲鳴のひとつも上げずにお化け屋敷を出た。すると、乃々亜がぐーっと伸びをしながら言う。

「あぁ～楽しかった」

「うっそだろお前」

鈍い反応を繰り返していた乃々亜の思わぬ言葉に、政近は思わずツッコんでしまう。すると、乃々亜はチロリと横目で政近を見ながら小首を傾げた。

「くぜっちは、楽しくなかったの？」

「……」

その質問に対して、即座に否定を返せない自分に、政近は驚く。そして冷静に思い返してみれば……なんだかんだで、自分も結構楽しんでいたことに気付いた。

最初こそ、面白みのない反応を見せる乃々亜に驚きと呆れを感じていたが……途中からは、全く怖がらない乃々亜をなんだか楽しむようになってしまっていたように思う。

（……参ったな。これもある種、こいつの魅力ってことなのか？）

いつも気だるげなのに、妙に周りに人が絶えないわけだ……なんて考えながら、政近は肩を竦《すく》めた。

「ま、それなりに楽しかったかな」

「そっか」

すると、乃々亜は大して興味もなさそうに頷くと、さっさと先に行ってしまう。とことん自由気ままでマイペースなその姿に、政近は苦笑を浮かべながら後を追うのだった。

4巻特典SS

せんせ〜、会長と副会長が海でもラブコメ(?)してま〜す

「か〜んせ〜い！」

「これは力作……！」

「ふ、ふふっ、会長？　とっても良くお似合いですよ？」

「……そうか？　自分ではどうなってるのか分からんのだが」

　周囲で楽しそうにはしゃぐ女性陣に、統也《とうや》はなんとも反応に困って曖昧に笑った。しかし、それも無理ないだろう。何しろ今の彼は、砂浜に仰向《あおむ》けの状態で埋められているのだから。

　おまけに何やら顔の周りにも砂が盛られているため、今自分がどういう状態なのかさっぱり分からない。そんな彼にデジカメのレンズを向けながら、有希《ゆき》が笑顔で告げた。

「まさに王様といった感じです。征嶺学園《せいれいがくえん》の生徒会長に相応《ふさわ》しい姿ですよ？」

「そう、なのか？」

　そう言われて、統也の頭に浮かんだのはトランプのK《キング》。あんな感じの砂像にされているのだろうかと想像する統也の耳に、マリヤの声が届く。

「王様って言っても、エジプトだけどね～」

「おいそれファラオじゃないのか⁉　まさか、ツタンカーメンか⁉」

その、まさかだった。統也自身には見えていないが、統也は今、顔以外が完全にミイラの棺になっていた。おまけにその周囲には怪しい魔法陣のようなものが書かれており、パッと見邪悪な儀式の生贄《いけにえ》、あるいは禁断の蘇生《そせい》術を行使される死者といった様子だった。その周囲に群がり、嬉々《きき》としてデジカメやスマホのシャッターを切る女性陣。統也はリアルに贄の気分を味わった。

「あ～これ見てたら、なんだかビーチフラッグがやりたくなってきちゃった」

「なんで？」

突如謎の欲求に駆られたマリヤに、茅咲《ちさき》が真顔で疑問を呈する。するとマリヤは、砂像の手が握っている、湾曲した杖《つえ》っぽいものを指差した。

「あれが、なんだか旗っぽいから？」

「……全然違くない？」

「う～ん、言われてみれば？」

自分で言っておいて不思議そうに首を傾げるマリヤに、有希が困ったように笑いながら口を開く。

「まあ、ビーチフラッグ自体はいいのではないでしょうか？　旗はどうしますか？」

「ん？　これでいいんじゃないかしら～？」

さっきまで砂に模様を描くのに使っていた、木の枝を掲げるマリヤ。それを見て、茅咲が眉をひそめた。

「ちょっと待って、それ先端尖《とが》ってて危ない」

「え、あ、そうね～」

「貸して」

そう言ってマリヤから枝を受け取ると、茅咲は節や断面の尖っているところを手刀で落とす。そして満足げに頷くと、それで三十メートルほど先の砂浜を指した。

「それじゃあ、あの辺りがゴールで。あたしは審判やるから、四人が選手ね」

「うん、お願～い」

「分かりました」

「承知しました」

「……ちょっと待て、俺もか⁉」

四人という人数に慌てて声を上げると、茅咲がちょっと体を屈《かが》めて統也を覗《のぞ》き込む。

「もちろん、統也も参加だけど？」

「いや俺埋められてるんだが⁉」

「男なんだから、そのくらいハンデがないと」

「……これをハンデで済ませられるのは、常に重石《おもし》を付けて戦ってる格闘家くらいだと思うんだが」

「大丈夫！　イケるイケる！」

「ええ～……」

なんの根拠もない声援を残し、茅咲は向こうへ歩き去ってしまう。そして、統也の両脇にマリヤ有希綾乃《あやの》がうつ伏せになった。が、それすら統也の視界には入らない。

「ふふふ、有希ちゃん、綾乃ちゃん、先輩相手だからって、手加減はしなくていいからね～？」

「……畏《かしこ》まりました」

「あら、よろしいのですか？　本気でやったらわたくし、十中八九勝ってしまうと思いますけれど？」

「ふっふ～それはどうかしら～？」

……なんだか、自分の上を不敵なセリフが飛び交っている。なんでこの三人は、明らかな遮蔽物と化している生徒会長にノータッチなのか。なんでこの状況で、メラメラと闘志を燃やすことが出来るのか。女子の気持ちが、統也には理解できなかった。

「位置についてぇ～」

そんなことを考えている内に、茅咲の掛け声が聞こえる。同時に女子三人も、口を閉じてスタンバイに入った……と、思う。見えないけど。統也自身はスタンバイにすら入れないけど。

（ようやく、手首から先が動くようになった……けど、腕は持ち上がらんな）

水を含ませた砂でガッチリと固められているせいで、マジで動けない。ここから自力で脱出しようと思ったら、最低でもあと五分は掛かるだろう。

「よぉ～い！」

しかし、茅咲はそれまで待ってくれないようだ。統也が必死に手を動かして砂を掻《か》いている間に、スタートの合図を飛ばす。

「どん！」

瞬間、掛け声に合わせて、両脇で女性陣が駆け出す気配。直後、蹴り上げられた砂がパラパラと顔に掛かり、統也は激しく顔を振った。

（いや、まあ……こりゃ無理だわな）

最初から、土台無理な勝負だったのだ。そう自分に言い聞かせると、統也は目を閉じて脱力し――

「統也ぁー！　頑張ってぇー！」

……ようとして、遠くから聞こえる恋人の声援に、閉じ掛けた目を開いた。

「もし勝てたら、あとでご褒美あげるからぁー！」

瞬間、統也の脳内に水着姿の茅咲が浮かぶ。

（ご褒美……ご褒美……ご褒美…………水着で!?）

統也の脳に閃光《せんこう》が走り――刹那、砂浜に突き立てられた木の枝目掛けて駆ける有希たち三人の背後で、爆発的な砂煙が上がった。

何かが爆《は》ぜるような音に、反射的に振り向く三人。その視線の先で、砂煙を突き破って猛然と駆けてくる統也。その姿はまさに、性欲の権ゲフンゲフン！　え～っと、そう……まさに、愛の戦士！

あっという間にマリヤを抜き、綾乃を抜き、先頭を駆ける有希に迫る愛の戦士。

「くっ！」

焦りを覚えた有希は、前に向き直ると脚に全力を注ぎ込む。その背中を、ドシュッドシュッという音を立てて統也が追う。

「っ、ハァ！」

「うおぉぉぉ！」

そして、二人ほぼ同時に、ゴールの木の枝目掛けてダイブし……そこで、統也はハタと気付いた。

このままでは、勝負の結果に拘《かか》わらず、自らの巨体で有希を圧し潰してしまうことに。気付いて……しかし、既に地を蹴った統也に成す術はない。

（マズ、い……‼）

なんとか身をひねろうとしつつ、木の枝に向かって伸ばした統也の腕が……木の枝の更に向こうから伸びてきた手に、ガッと摑《つか》まれた。

「ダッ」

そうしてグイッと引き寄せられたかと思うと、あっという間に肩に担がれ――

「メェ――――!!」

気付いた時には、統也は重力から解放されていた。縦方向に回転する視界に、木の枝を手に呆然《ぼうぜん》とする有希と、「あ、しまった」という表情で残心する茅咲の姿が逆さまに映る。

(いや……グッジョブだ、茅咲)

フッと笑い、頭の中で恋人にそう告げた直後……統也は、凄《すさ》まじい水柱を上げながら海面に着弾した。

「うわっ！　な、なんだぁ!?」

「えっ、なっ、か、会長!?」

ちょうどそこに、岩場から戻って来た政近《まさちか》とアリサがぎょっとした声を上げる。

「うおっ、なんだあの砂煙……え、まさか発射された？　なんか発射されました!?　人間花火ですか会長!!」

続いて、政近がツッコミどころ満載な推測をするが……それを聞く余裕もなく、統也は海中で意識を手放した。

(※ちゃんとこの後、茅咲に救助されました)

4巻特典SS

使ったスイカは生徒会役員が美味しくいただきました

・アリサの場合

ビーチで目隠しをされ、その場で五回転させられたアリサは混乱した。スイカ割りが初体験だったというのもあるが、砂浜というただでさえ不安定な足場に、平衡感覚と視覚を奪われた上で放置される。そのこと自体が、アリサにとっては思った以上に恐怖だったのだ。

（え、ちょっと、これ、立ってられな――）

普通に直立しているだけで足元がふらつく。周りで生徒会の面々が「前、前！」とか「そのまま真っ直ぐ！」とか指示を出しているが、そもそも立っているだけで精一杯なのだ。そんな状態で、無理に足を前に出せば……

（う、あ、っと――！）

案の定、一歩踏み出した時点で足がもつれ、アリサはたたらを踏むように数歩前に出ると、砂浜に棒を振り下ろした。というか、倒れそうになってとっさに棒でバランスを取ったというのが正解だろう。

周りの面々も、それを察してなんとも言えない顔になる。

「(……いっちばん面白くないやつ)」

「(おいやめろ)」

妹と兄が囁《ささや》き交わす中、統也《とうや》が微妙な表情で「次からは二回転にしようか」と告げるのだった。

・有希《ゆき》の場合
有希は空気が読める女だ。プライベートではともかく、公の場では常に空気を読み、和を乱さぬ行動を心掛けている。当然、この場における自分の役回りというのも、重々理解していた。

二番手である自分の役目は、適度な場の盛り上げ役。まだ順番待ちがたくさんいる状況で、早々にスイカを割るわけにはいかない。そういうのは後半の本命組に任せるべきだ。

そう、分かっている。分かった上で……有希は今回、あえて空気を読まないことにした。

大人げなく、本気《ガチ》でスイカを割りに行くことにした。

(ふふふ、あたしがここであっさり成功したら、アーリャさんはどんな顔するかな?)

内心黒い笑みを浮かべながら、有希は慎重にスイカの位置を探る。そう、全てはライバルの悔しがる顔を見るため。そのためなら、有希はあえてお約束を無視する。

(みんなも、まだ本気で割らせようとはしていない……でも、何も問題はない。指示なん

てなくても、スイカの位置は分かる)

　虚実入り乱れる周囲の指示を意識から外し、有希はその他の音に意識を集中した。そう、聞き分けるべきは……スイカの下に敷かれた、ビニールシートがはためく音。風に煽《あお》られ、ガサガサとめくれ上がるビニールシート。その音を頼りに、有希は歩を進め――

(ここ!)

　確信と共に、棒を振り下ろした。そして、ものの見事にビニールシートをぶっ叩《たた》いた。単純に、自分の腕の長さと棒の長さ……つまり、間合いを見誤ったのだ。

「……いっちばん恥ずかしいやつ」

「割りますよ? 政近《まさちか》君」

・綾乃《あやの》の場合
　綾乃は空気になれる女だ。それはそれとして、ビーチで目隠しをされ、その場で二回転させられた綾乃は混乱していた。なぜなら……

「綾乃! 右前です!」

「サラッと俺を狙わせようとするな! 従者に手を汚させようとしてんじゃねぇ! 綾乃! 左前だぞ!」

　敬愛する二人の主人が、見事に相反する指示を出しているのだ。右に行くべきか、左に行くべきか……迷っている間にも、指示は激しくなる。

「綾乃！　あなたの主はわたくしでしょう⁉　わたくしの指示に従いなさい！」

「分かるよなぁ綾乃！　俺の指示が正解だって！　左前だ！」

左、右、左、右……どっちが、でも、どっちを選んでも………

「ちょ、ちょおい！　綾乃ちゃんがAボタンとBボタンを同時に押されたゲームキャラみたいになってるんだけど！」

綾乃、指示が混線したことによって無事ショート。とりあえず、政近と有希はその場で正座した。

・マリヤの場合
マリヤは空気が読める女だ。前の綾乃で少し微妙な空気になってしまった今、これ以上このレクリエーションが盛り上がることはないと察している。察した上で、そろそろスイカを割るべきだろうと考えていた。

「もうちょっと右です」

「もう二歩、えぇ～っと、そこで三十度くらい時計回りに回転」

実際、周囲の指示にもあまり迷わせようという意思が感じられない。むしろ、そろそろ終わらせようという意思が透けて見える。その意思を余さず汲《く》み取り……マリヤは足先にビニールシートが触れたところで、一思いに棒を振り下ろした。

「えぇい！」

振り下ろして……弾かれた。ビニールシートの上で、バゥンと跳ねるスイカ。

「……あら？」

手応えを感じたマリヤは、その場で繰り返し棒を振り下ろす。

「えい、えい！」

上から何度も叩かれ、バゥンバゥンと小さく跳ねるスイカ。バゥンバゥンと大きく跳ねる、マリヤのスイカ。

「（いっちばんおいしいやつだ……）」

「（おい動画撮るな）」

結局、マリヤの腕力ではスイカを割ることは出来なかった。ただ、マリヤの頑張る姿は一部の人間に勇気と元気を与えた。なんのこっちゃ。

・茅咲《ちさき》の場合
茅咲は空間を読める女だ。たとえ視界が閉ざされようと、その他の感覚を総動員して周囲の空間を把握することなど造作もない。

（——見切った）

スイカの位置を正確に見極め、茅咲は音もなく踏み出した。砂埃《すなぼこり》を一切立てることなく、砂浜を飛ぶように駆けると、腰だめに構えた棒を一閃《いっせん》。スイカを跳び越えた先で、棒を振り抜いた体勢で残心する。

その背後で……スイカがピシッと半ばから断ち切られ、上半分がズズッとスライドし、どしゃりとビニールシートの上に落下した。

ビニールシートの上に広がる、真っ赤な果汁。その光景に、政近は息を呑《の》み……静寂の中、冷静に一言。

「割れよ」

4巻特典SS

なんで浴衣と一緒にチャイナドレスが出てくるのよ

「え？　アーリャちゃんとマーシャちゃん、お祭りに行くの？　じゃあ、浴衣を用意しないとね〜」

　生徒会合宿の予定を聞き、アリサとマリヤの母、暁海《あけみ》は楽しそうに手を合わせた。

「浴衣って……大袈裟《おおげさ》よ。荷物になるし、わざわざ持って行かなくても……」

「まあまあ、お母さんが昔着てたのが何着かあるから。わたしが大学生の頃に着てたのなら、アーリャちゃんの丈にも合うんじゃないかしら？　ちょっと待っててね〜？」

「あ、わたしも見た〜い」

いらないと言う娘の言葉を華麗にスルーし、暁海は和室の押入れを漁《あさ》りに行ってしまう。それに姉も付いて行き、アリサはこの時点で早くも諦めた。

　あの似た者母娘が乗り気になってしまった以上、止めても無駄だ。持って行くかどうかは別として、最低一回は着せ替え人形にされることだろう。今までの経験から、アリサはそう覚悟した。観念したとも言う。そして案の定、それから約四十分後。

「いいわね〜とっても綺麗よ、アーリャちゃん」

「ああ、そ……なんだか落ち着かないけど」

暁海の手で浴衣を着せられたアリサは、反応に困った表情で体を揺すった。

落ち着かないのは、着付けの際に下着を脱がされたからだ。暁海に「浴衣を着る時は下着は脱ぐものなのよ」と言われ、その通りにした結果だった。実際は、外出の際にはそれ用の下着を着けるものなのだが……人生の半分以上をロシアで過ごしてきたアリサに、そんな知識はない。純日本人の母親に脱ぐべきと言われてしまえば、そういうものかと納得するしかなかった。

「きれ〜……ほら、アーリャちゃんこっち向いて？」

「ちょっと……勝手に撮らないでよ」

身をよじり、マリヤが構えるスマホのレンズから逃れようとするアリサ。そこに、暁海がスッと新しい服を差し出す。

「それじゃあ、次はこれね」

「はいはい……って」

諦め気味に頷《うなず》きかけるも、差し出された衣装に目を落としてアリサは固まった。

「……ねぇ」

「なぁに？」

「なんで、日本の伝統衣装を着る流れで、中国の伝統衣装（？）が出て来るのかしら？」

そこにあったのは、光沢のある赤いチャイナドレス。そう、どっからどう見てもチャイナドレスだった。またの名をチーパオ。サラッとなんの関係も脈絡もない衣装を着させようとする暁海に、アリサの目がちょっと肉親に向けるものじゃなくなっている。

「えっとぉ……これは、お母さんが大学の学園祭で……」

「出所《でどころ》は聞いてないから」

困ったように笑う母の言葉を、ピシャリと断ち切るアリサ。すると、マリヤが少し真面目な顔をして声を掛けてきた。

「アーリャちゃん」

「……なによ」

「とりあえず、一回着よう？」

「なんでよ！」

踏むべき段階をいくつかすっ飛ばしたマリヤの要求に、アリサは付き合ってられるかと踵《きびす》を返し、部屋着に着替えようとする。しかしそこで、そのお腹《なか》に背後からマリヤが抱き着いた。

「なんでよぉ！　着てくれてもいいじゃない！」

「あ、ちょ、うっざい！」

膝立ちでしがみついてくる姉を、苛立《いらだ》ち交じりに引き剝がそうとするが……それより先に、チャイナドレスを持った母が前に立ち塞がる。

「アーリャちゃん、取引よ。浴衣を貸してあげるから、このチャイナドレスを着て見せて？」

「いや、私そもそも浴衣いらないって……」

「なんでぇ～？　一緒に着ようよぉ」

「ああもう！　うっとおしい！」

「ああん」

容赦なく姉の頭を押すが、マリヤはなかなか手を離さない。するど、暁海がキランと目を光らせて言った。

「いいの？　アーリャちゃん。他の女の子はみぃんな浴衣を着てるのに、自分だけ普段着なんてことになっても」

「む……」

「いいの～？　久世《くぜ》君に、『あ、うん……アーリャは普段着なんだな』とか言われても？」

「なんでよま……久世君は、関係ないでしょ？」

即座に言い返すアリサだが、その一瞬の動揺をこの母娘は見過ごさない。すぐさま畳み掛ける。

「そうよね～有希《ゆき》ちゃんや綾乃《あやの》ちゃんは絶対浴衣を着て来るだろうし、茅咲《ちさき》ちゃんも持って行くって言ってたわね～」

「あらぁそうなったらアーリャちゃんだけ仲間外れね～久世君の視線を他の子に奪われちゃうわね～」

「っ……」

「もしかしたら、会長や久世くんも着て来るんじゃないかしら？　そうしたら、アーリャちゃんだけ記念写真で浮いちゃうかも……」

「可哀《かわい》そう、浴衣がないばっかりに、お祭りを楽しめなくなっちゃうわね……浴衣がないばっかりに」

「あぁ〜〜っもう!!　分かったわよ！　着ればいいんでしょ!?」

「「わ〜い」」

アリサが渋々折れると、まるで子供のように喜ぶ暁海とマリヤ。その反応に、アリサは頭が痛そうに額を押さえる。

「それじゃあごゆっくり」

「着替えたら呼んでね〜」

「あ、ちょっと、なんで服を持って行くのよ！」

畳の上に置いておいた部屋着と下着を素早く回収され、アリサはパッと手を伸ばす。しかし、その抗議もむなしくピシャリとふすまが閉められ、アリサは荒っぽく溜息《ためいき》を吐いた。

そうして、渋々チャイナドレスに着替えた。の、だが……

「ちょ、ちょっとぉ!?」

アリサが上げた素っ頓狂な声に、暁海とマリヤが待ってましたとばかりに部屋に戻って来る。そして、着替えたアリサの姿を見て同時に手を合わせた。

「あらあら～」

「うわ～アーリャちゃんすっごぉい」

「すっごぉい、じゃない！　何よこれ！　この胸の……穴はまだいいとして、このスリット！　これは明らかにおかしいでしょう!?」

のほほんと楽しげな笑みを浮かべる二人を、アリサはギンと睨みつける。その指摘も当然のこと。

チャイナドレスと言えば、ふとももものスリットが一番のセクシーポイントだが……アリサの着ているそれは、そのスリットが明らかに深過ぎた。それはもう、「ちょっとハサミ入れ過ぎちゃった♡」では誤魔化せないレベルで深かった。だって脇腹まで行っちゃってるし。一応スリットの上端は紐《ひも》で結んでいるが、それでもなお横から見ると丸見え。恐ろしいことに、丸見えなのはふとももではなく……お尻、だ。

「こ、こんなの、下着見えちゃうじゃない！　何もしてなくても左脚出ちゃうし！」

アリサの言う通り、そのスリットの深さは下着を着けていればパンチラ確定。しかし、今のアリサは浴衣を着る際に下着を脱がされているので、パンチラなど起きる余地はない。もちろん、「な～んだ、だったら安心だね☆」とはならない。

「ねぇお母さん……ホントに、こんなもの大学の学園祭で着たの……？」

もしそうなら、母の品性を疑う。そんな意志がはっきりと込められた娘の視線に、流石の暁海も少し気まずそうな笑みを浮かべた。

「えっと……実は、その学園祭の出し物って、今で言うコスプレ喫茶だったの。で、その衣装は昔の格ゲーキャラのコスプレなのよ～……ただその、原作に忠実に注文したら？思った以上に……ね？　結局それで、お蔵入り？」

「着てないんじゃない!!」

眦《まなじり》を吊《つ》り上げ、「そんなものを私に着させたのかぁ！」と怒気を噴出させるアリサ。今にも格ゲーキャラよろしくハイキックでも繰り出しそうな気迫だが、動かない。当然そんなことしたら大変なことになってしまうのでアリサは動かない。というか、動けない。一歩でも動いたら、左脚が付け根から全部出てしまいそうだから。スリットを両手で押さえながら、二人を睨むことしか出来ない。

それが分かったからか、暁海とマリヤは同時にスマホを取り出すと、その場を動けないアリサに向かってシャッターを切り始めた。

「ちょっ、やめ、撮らないでよ！」

とっさにしゃがんで体を隠そうとするが、少し脚を曲げただけでスリットが開くわ、屈《かが》んだら屈んだで胸部分の穴から谷間が見えてしまうわでどうしようもない。恥辱に震えながら、母と姉を睨むことしか出来ない。

「あとで、覚えてなさいよ……!!」

「いや～ん、可愛いわぁ～」

「アーリャちゃん、こっち見て〜」

アリサの怨嗟《えんさ》の声も気にせず、シャッターを切りまくる母娘。当然、このあとめちゃくちゃ説教された。

Иногда Аля внезапно кокетничает по-русски

4.5巻特典SS

私達の激辛修行はまだまだこれからよ！（自棄）

「ああ、生き返る……」

「不思議と、いつもより美味《おい》しく感じますね」

「地獄から天国に来たのだもの。当然のことだわ」

激辛ラーメンを食べ終えた後、ベンチに座ったアリサと綾乃《あやの》は、移動販売車で購入したアイスで一息吐いていた。お互いに辛い物が得意ではないということを明かし合った以上、アリサももう強がる理由はなく、少し唇を尖《とが》らせながら正直な感想を口にする。

「本当に、どうかしてるわよあの辛さ……あれで下から二番目とか、一番上はもう人間の食べるものじゃないでしょ」

「〝無間地獄〟ですか？　たしかに、すごい辛さらしいですね」

「……らしい？」

その言い方に少し嫌な予感がして、アリサは綾乃を見た。すると、綾乃はなんのことはないといった様子で、その嫌な予感を肯定する。

「実際に完食された、有希《ゆき》様より伺いましたので」

「ああ、そうなのね……やっぱり」

「もちろん、政近《まさちか》様もご一緒だったようです」

「……」

その情報に、アリサはむっと眉根を寄せた。それに気付いているのかいないのか、綾乃は淡々と続ける。

「今度、〝涅槃《ねはん》〟に挑戦されるそうです」

「……涅槃？」

突然の仏教用語に、アリサは素で首を傾げた。すると、綾乃の口から信じがたい説明がなされる。

「〝無間地獄〟の完食に成功した人だけが注文できる、裏メニューだそうです」

「裏メニュー」

「その辛さは、〝無間地獄〟の十倍の辛さだとか」

「じゅうばいのからさ」

その想像を絶する内容に、アリサはぎこちなく復唱することしか出来なくなっていた。にしても、涅槃とは。なんだろうか、幾多の地獄を潜《くぐ》り抜けた果てに、悟りに至るということなのだろうか。戦慄するアリサを余所《よそ》に、綾乃は心なしかやる気の入った目で頷《うなず》く。

「いつか、わたくしもその頂に挑戦したいです」

「やめておきなさい」

これにはアリサも流石に待ったを掛けた。当然だ。話を聞いただけで、どう考えても生まれついての異常者にしか食べられない代物だった。努力でどうにかなる次元ではない。基本的に努力で越えられない壁はないと信じるアリサにも、限度はあった。しかし、綾乃は止まらない。

「大丈夫です……一人では無理でも、二人なら！」

「え、私巻き込まれてる？」

なんだか少年漫画的なノリでサラッと巻き込まれ、アリサは思わず真顔で返す。引き留めようと伸ばした手を摑《つか》まれ、逆に引っ張り込まれるという事態。これで悪意がないんだからタチが悪い。無邪気な巻き込み宣言に、結んだばかりの同盟関係に締結後七分二十八秒でヒビが入りかけていた。

「ダメ、でしょうか……」

「う……」

しかし、綾乃にしおらしく見つめられ、アリサは言葉に詰まる。表情は変わらないのに、なぜこんなにも庇護《ひご》欲を刺激されるのか。

だが、ここで情に流されて頷けば、死出の旅に出ることになる。だから決して、頷くわけにはいかないのだ。

「――っ」

意を決したアリサが、やんわりと断ろうと口を開いた瞬間。

「そう、ですよね……流石に、そこまでお付き合いいただくわけにはいきませんよね……」

「――」

機先を制するように綾乃の側から引き下がられ、アリサはうっすらと口を開いたまま固まる。

「図々《ずうずう》しいことを申し上げました。どうか、忘れて――」

「そんなことはないわ」

そうして気付けば、そう返してしまっていた。自分でも「え、ちょっと、何言ってんの？」と思いながらも、口は止まらない。

「私は、一度した約束を破ったりしない。もちろん付き合うわよ」

「アリサ様……本当、ですか？　無理をなさっていませんか？」

アリサの漢気溢《あふ》れる申し出に、綾乃は控えめに問い返す。向けられた気遣いに、アリサは「引き返すのはここしかない」と直感した。

「無理なんて、してないわよ？」

が、意に反して、口は勝手に強がってしまう。内心「何やってるのよもぉ――！」と叫びながらも、綾乃の目に喜色が浮かぶのを見てはもう撤回は出来ない。

「でも、それは最終目標で……まずは、もう少し手軽なところから、ね？」

辛うじてアリサに出来るのは、そうやって少し予防線を張ることくらいだった。それに対して、幸い綾乃も当然といった風に頷く。

「もちろんです。では、手始めに今から激辛カレーパンのお店に行きましょうか」

「へ？」

前言撤回、ちっとも幸いじゃなかった。真顔で告げられた提案に、アリサの口から間抜けな声が漏れる。

「……今から？」

「はい、休憩も済んだことですし」

「求刑？」

死刑を求刑された……のではないことは、空になったアイスのカップを見つめる綾乃の視線を追えば分かる。どうやら、綾乃にとってこの時間は、連戦の間の小休止だったらしい。全く予期していなかった延長戦に、アリサは夏の暑さとは無関係にクラッとする。

「ここから十五分くらい歩いたところに、美味しいカレーパン屋さんがあるそうなんです。そこの激辛メニューが、なかなかの辛さだとか」

「へぇ～」

「大丈夫です。そこまで大きくはないですし、辛い物を食べて歩けば、脂肪も燃焼します」

「……なるほど」

美味しいカレーパン屋だというなら、普通に美味しいカレーパンを食べたいし、カロリーを気にするならそもそも食べないのが一番だ。切実にそう思うアリサだったが、やはり意に反して口は動く。

「……楽しみね」

そう言うアリサの頬は明らかに引き攣《つ》っていたが、綾乃は気付いた様子もなくベンチから立ち上がった。

「では行きましょう。一歩ずつ着実に、高みを目指して」

「……オ～」

両手を握り締めてふんすと気合を入れる綾乃に、アリサも棒読み気味に拳を上げる。その後、アリサは綾乃に案内されるまま、激辛カレーパンに続いて激辛ケバブも食することになるのだが……アリサの名誉のため、詳しくは語らないでおく。

4.5巻特典SS

せんせ～、会長と副会長が闘技場でもラブコメしてま～す

（本当に、どうしてこうなった？）

綺麗に均《なら》された地面の上にタンクトップと短パン姿で立ちながら、統也《とうや》はどこかふわふわとした頭で考えた。この期に及んで思考がぼんやりしているのは、この状況に現実感が無いからか、自分が現実逃避しているだけか。しかし、それも無理からぬことだった。

「うおおぉぉ――！　ぶっ殺せ――――!!」

「茅咲《ちさき》ちゃんをたぶらかしたクソ野郎を許すなぁー！」

「顔だ！　顔を狙えぇ！」

周囲から降り注ぐ、野次《やじ》と怒号。そこに込められた物凄《ものすご》い殺気。ここは本当に現代日本なのだろうか？

（あ～やっぱり安請け合いするんじゃなかったな～）

愛する恋人の誘い《茅咲》を断れず、更科《さらしな》本家が所有する道場を訪れたところまではよかった。懸念していた茅咲の師匠との顔合わせも、予想に反して和やかに進んだ。ここまではよかったのだ。だがそのせいで、油断したのがよくなかった。

『せっかく来たんだし、やっぱり武闘祭にも参加してみない？』

そんな茅咲の何気ない提案に、「この感じなら、もしかしたらプロレスみたいなショー感の強いものなのかも」な〜んて思い込んだのが間違いだったのだ。

蓋を開けてみれば、周囲の観客席からは歓声ではなく殺気。正面には、それ以上の殺気を放つ身長二メートル近い筋骨隆々の男。眼鏡を外しているせいでよく見えないが、物凄く睨まれていることだけは嫌でも分かる。睨まれるような心当たりはないのだが……

(眼鏡外せって言われた時は『え？　そんなガチなの？』って心配になったけど……外しておいてよかったな。これ、見えてたらビビり散らかしてたかも)

久しぶりに、まだ気が小さかった頃の統也が顔を出しそうになっていると、白い道着を着た男性が近付いてくる。

「両者、準備はよろしいか？」

どうやら、審判のような存在らしい。いや、よろしいかよろしくないかで言えば、全然よろしくないのだが……

「統也ぁ〜頑張って〜！」

そこで観客席から恋人の声援が届き、ちょっと顔を出した気の小さい統也をグイッと押し返す。

(そうだ。俺はもう、うじうじしてる男でもなければ、弱っちい男でもない！)

そう自分を奮起させ、統也は茅咲の方に右腕を上げつつ審判に頷いた。

そして、せめて最低限の対話をしようと、愛想笑いを浮かべて正面の男に声を掛ける。

「えぇっと、正々堂々、よろしくお願いします？」

そんな統也の歩み寄りに対して、返って来たのは……

「オレ、オマエ、コロス」

低くたどたどしい声での、殺害予告だった。

（……なんだ、この筋力に特化し過ぎて知力が犠牲となった、哀《かな》しい強化人間みたいな男は）

出て来る世界観を間違えてやしないだろうか……なんて考えている間に、審判が二人の間で右腕を上げる。そして、二人を交互に見て告げた。

「故意による対戦相手の殺害を禁じる」

（いやいや、故意じゃなければいいのか。というかこの男、さっき思いっ切り『殺す』って……）

「始め！」

「オオォォ！」

「うぉ⁉」

開始の合図とほぼ同時に正面から棍棒《こんぼう》のような腕が振り抜かれ、統也はとっさに躱《かわ》した。肌でビリビリと感じる拳圧に、「あ、ガチだ」と冷や汗が出る。

「ウオオォォォォ！」

出た冷や汗が流れる間もなく、次々放たれる嵐のような拳撃。それを、統也は背後に下がりながらひたすらに躱す。

（いやいやガチ過ぎるだろ！　こんなん一発でも食らったら病院送りだぞ！）

そう思いながらも統也がなんとか避けられているのは、これ以上に速く容赦のない攻撃を知っているからだ。そう、この男の攻撃はたしかに脅威だが、それでも……

（茅咲や四季姉妹の竹刀に比べれば、遅い！）

ガードすることもなく、上体の動きとフットワークだけで男の攻撃を避け続ける統也に、観客席もざわつき始める。しかし、統也にそれを意識する余裕はなかった。

（なんとか避けられてる、けどっ、ここからどうするか、なっ）

そもそも、統也は人を殴ったことがない。格闘技の経験なんて、学校の授業でやっている柔道くらいのものだ。幸い、相手は道着を着ているので、柔道の技も掛けられそうではあるが……

（隙がないし、それに、もし足技を使われたら――）

その刹那、危惧していた事態が起きた。

「いっ⁉」

右のふとももに衝撃が走り、統也は堪らず膝を折る。そう、女子剣道部で鍛えた統也の回避能力は、あくまで上半身限定なのだ。剣道で狙われることのない下半身はなおざりだし、当然足技なんて想定していない。

「オ？」

苦し紛れの蹴りがあっさりと入り、男が少し戸惑う。戸惑いながらも、体勢を崩した統也に追撃を加えるべく、右腕を振りかぶり……そこに、統也は唯一の勝機を見出《みいだ》した。

（ここ、だッ！）

上体をひねって男の拳を避けると、そのまま反転しながら相手の懐に入る。そして、振り抜かれた男の腕を摑んで肩に担ぐと、その勢いを利用して──

「どぉ、ラァ！」

全力の、背負い投げを放った……が、持ち上がり切らず。男はバランスを崩して、数歩たたらを踏んだだけだった。

（あ、やべ、ここからどうしよ──）

そう思っている間に、力尽くで腕を振り払われる。そして一瞬後、視界が拳で埋め尽くされ──統也は意識を飛ばした。

◇

「オオォォォ────!!」

前のめりにぶっ倒れた統也を前に、男が勝鬨《かちどき》を上げる。それに、観客も声を上げようとして……闘技場に降り立ったひとつの人影に、声を潜めた。

「立会人、仇討《あだう》ちを申請するわ」

そう言いながら中央へと歩みを進めるのは、口元に薄ら笑いを浮かべながら瞳を爛々《らんらん》と輝かせる茅咲。

「きょ、許可する」

その迫力に少し言葉をつかえさせながらも、立会人がそう告げる。すると、茅咲はこちらを戸惑い気味に見つめる男に向かって、指を一本ずつパキパキと折り曲げながら問うた。

「花は、好き？」

そして二分後、男は闘技場の片隅にそっと植えられた。特に綺麗に咲くことはなかったが。

Иногда Аля внезапно кокетничает по-русски

4.5巻特典SS

マーシャさんってもしかして……？

「いやぁそれにしても、初めてあの動画を観た時は何事かと思ったぞ」

「それは、俺もなんですけどね……」

「ふふふ、あまりにも面白かったので、これは是非皆さんにお見せしなければと思いまして」

「わたしは少し怖かったわ。てっきり、久世《くぜ》くんに何かが憑《つ》いちゃったのかと……」

「ふっ、くくっ」

「アーリャ、お前あの動画ツボり過ぎじゃね？」

「ま、まあ、気持ちは分かるよね？」

「更科《さらしな》先輩まで……」


　女性陣による料理対決が終わった後、あれこれとおしゃべりをしながら食事をする生徒会役員七名。実に和やかなその雰囲気の中で、ふと気付いたことがあった政近《まさちか》は、マリヤにつぃっと目を向けた。

「この前の七不思議調査もすっごく怖かったんだから……ねぇ？　アーリャちゃん」

「え、そうなの？」

「怖がってたのはマーシャだけです」

「あ、やっぱり？」

「えぇ～！　アーリャちゃんの裏切者ぉ！」

アリサや茅咲《ちさき》と話しながら、唐揚げを食べるマリヤ。それをじっと眺め、政近は確信を強める。なんの確信かと言えば、それは……

（マーシャさん……ずっと食べてない？）

と、いうことだった。食べるスピードが速いとか、一口がやたらと大きいとかは特にない。ただ……うん、ずっと食べてる。

料理勝負の判定役として先に食べ始めた政近と統也《とうや》はもちろん、他の女性陣もちらほら箸を置き始めている中、マリヤだけが一切ペースを落とさず食べ続けている。もう食べ始めてから、かれこれ一時間近く経《た》つのに。

「あ、これもう食べちゃうわね～？」

何気ない調子でそう言って、ソリャンカの大鉢を持ち上げるマリヤ。……このセリフも、冷静に思い返せば三回目な気がする。

既に空になっているハンバーグとチャーハンの大皿も、両方マリヤが片付けていた気がする。

「んん～♪　我ながらおいしく出来たわ～」

遠慮の塊のように残っていたソリャンカを、取り分ける手間を惜しんで大鉢のまま食べながら、マリヤは満足そうに笑う。

……なんだか、絵面がすごい。ここだけ切り取ったら、まるで大鉢入りのスープを一人でペロリと平らげてしまっているかのような、誤解を招く光景だった。

（マーシャさんって……もしかして大食い、なのか？）

女性に対しては少し失礼な評価になるかもしれないが、無理してるような気配を微塵《みじん》も見せず、マイペースにソリャンカとフランスパンを口に運び続けるマリヤを見ては、そう思わずにはいられない。やはり、大きくなるのにはちゃんと理由があるということなのだろうか。

（おっと）

チラッとお姉さんのお姉さんに目を向けて不埒《ふらち》な思考をよぎらせた途端、アリサの方から絶対零度の視線を感じてパッと視線を上げる。すると、ちょうどマリヤと正面から目が合ってしまった。

「？　あ、久世くんもしかして食べたかった？」

「あ、や……」

「ごめんねぇ？　もう、一口しか残ってないんだけど……食べる？」

「えっと……じゃあ、いただきます」

別に食べたかったわけではないのだが、目が合ってしまったのでとりあえず頷《うなず》く。すると、「はい」と差し出されるソリャンカと……食べかけのフランスパン。ん？

「……」

「あ、ごめんね？　やっぱり食べかけは嫌だった？」

「いえ、俺は……いいんですが」

むしろ、気にすべきなのはマーシャさんの方ではないか……と思ったら、どうやら一番気にしてるのはアーリャさんのようです。頬に視線が刺さる刺さる。

「うん、やっぱりパンは食べてもらえますか？」

「そう？　ごめんね～？」

「いえ、全然謝ることはないです。本当に」

強いてアリサの方を見ないようにしながら、マリヤにフランスパンを返す。

（というか、思いっ切り間接キスするとこだったんだが……マーシャさんはホントに気にしないのか？）

そんなことを思いながらマリヤの顔を見ていると、マリヤは少し首を傾げながらモグモグとフランスパンを食べた。うん、全然気にしてなさそうだった。というか本当によく食うな。

「じゃあま、いただきます……」

なんとなくそう言いながら、政近は残ったソリャンカを口に運ぶ。

（いや、広い意味で考えればこれも間接キスになるのか……？）

ぼんやりとそんなことを考えながらスプーンを動かしていると、パンを食べ終えたマリヤがなんだか嬉《うれ》しそうにこちらを見ていた。顔を上げれば、何やらマリヤがにこにことしながら小首を傾げる。

「おいしい？」

「あ、はい。とても美味《おい》しいです」

「ふふっ、よかった～」

ふわふわと笑いながら、こちらを幸せそうに見つめるマリヤ。

（なんだ、この夫の食事風景を見守る妻みたいな構図は）

とっさにそんなことを思った瞬間、

「ふふふ、お二人なんだか夫婦みたいですね」

有希《ゆき》に、全く同じツッコミをされた。頰に刺さる視線ががが。

「あらぁそんな風に見えちゃった～？」

（そしてなんであなたはまんざらでもなさそう？）

内心そうツッコみながら、政近はこれは真面目に反応したら変な空気になると判断。あえてクソ真面目な顔を作ると、大仰に頷いてみせる。

「ふむ、なるほど夫婦か」

そしてニヤリと笑って、こちらに鋭い視線を突き刺すアリサの方へと振り向いた。

「というわけだ。これから俺のことは、お義兄《にい》さんと呼びたまへ」

「死んでもイヤ」

「そうか？　じゃあお義兄ちゃんで手を打とうじゃないか」

「悪化してるじゃない！」

二人のボケツッコミに、統也と茅咲が声に出して笑う。そんな楽しげな雰囲気の中、

「これ、もう食べちゃうわね～？」

さりげなく、本日四回目となるマリヤの声が上がるのだった。

Q：美少女に催眠術掛けちゃった♪　最初に掛ける暗示と言えば何？

「やっちゃった……」

有希が見つめる先には、白目を剝《む》いて床に倒れ伏す政近《まさちか》の姿。それを見下ろしながら、有希は震え声で訴える。

「あ、あなたが悪いのよ……あなたが、わ、わたし以外の女に手を出そうとするから……でもわたしっ、殺すつもりなんて……！」

悲痛な声を上げながら、両手で顔を覆ってその場に膝をつく有希。しかし数秒後、

「あぁ～……ツッコミ役不在の虚《むな》しさよ」

有希はパタンと両腕を下ろすと、白けた表情で投げやり気味にそう言った。そしてチロリと視線を上げれば、そこにはぼんやりとした表情で立ち尽くすアリサと綾乃《あやの》の姿。すぐそばで一人の人間が絞め落とされたというのに、二人には反応する素振りもない。さながら指示待ちでスリープ状態のロボットのようだった。

「……これ、今なら催眠の主導権奪えるかな？」

そう独《ひと》り言つと、有希はチッチッチッチッと舌で一定のリズムの音を出してから、パン

と大きく両手を打ち合わせる。すると、アリサと綾乃の体がビクッと跳ね、頭が少し有希の方を向いた。

「っし、成功」

言葉すらなく、催眠の主導権を奪った有希。順調に催眠術師としての腕が上がっていた。

「はい、じゃあ二人共、政近君を運ぶのを手伝ってくださいね～。アーリャさんは右脚、綾乃は左脚を持って……そうそう、その調子」

そうして二人に指示を出すと、三人で協力して政近をベッドに運ぶ。

「っしょっと！　あぁ～重たぁ。意識ない人間が重いって本当だね～」

肩を回しながらそう言うが、当然周囲からの反応はなし。それにちょっと唇を尖《とが》らせながら、有希は政近を見下ろし……その平和そうな寝姿に、なんかちょっとイラッとした。

（あんだけあたしと綾乃のこと翻弄しておいて……めっちゃ焦《あせ》らされたし。重かったし）

無論、全部自業自得だとは分かっている。兄に催眠術を掛けた自分が一番悪いのだとは、分かっている。分かっている、が……

「モテちゃったんだから……仕方ないよね？」

そう理不尽な囁《ささや》きを漏らし、有希はスマホを操作すると、先程撮影した動画を生徒会のグループチャットに投下した。それから何食わぬ顔で催眠術を解除する方法を探し……ふと、虚《うつ》ろな表情をしているアリサに目を向ける。

「……ふむ」

アリサが催眠術で無防備な状態を晒《さら》しているのは、これで二度目。前回は場所が生徒会室だったので、急いで事態の収拾を図った。だが、今は？　余人の介入が存在しない今なら……多少のことは、許されるのではないか？

「そうだよね、許されるよね。むしろ求められているよね」

あらぬ方向を見ながらそう言うと、有希は二人を連れて自室に向かい、備え付けのクローゼットを開ける。

「おっと、こんなところにバニースーツが」

そして、中からサラッとバニースーツを取り出した。なんでそんなものがあるのかと問われれば……あるのだから仕方がない。有希のオタク部屋は、不思議で溢《あふ》れているのだ。

「はい、じゃあアーリャさんこれ着て～？」

有希はこれまた当然のようにウサミミカチューシャも取り出すと、それらをアリサに押し付け、綾乃と共に部屋を出る。別に生着替えを見ていたところで咎《とが》める人間もいないのだが、一人のオタクとして、コスプレイヤーの着替えを見るという無粋は避けたのだ。そもそも、アリサはコスプレイヤーではないのだが。

そうして待つこと数分。部屋の中から衣擦《きぬず》れの音が聞こえなくなったところで、有希は部屋に入り……

「Ｍａｒｖｅｌｏｕｓ……！」

天を仰ぎ、その場に膝から崩れ落ちた。そこにいたのは、周囲の人間を男女の区別なく肉食獣に変えてしまいそうな可愛いウサギさん。黒タイツに包まれたむっちりとした長い脚。凄《すさ》まじい攻め込み方を見せるハイレグ。今にもスーツからこぼれそうな豊満な胸。白い肌と黒いスーツの魅惑のコントラスト……！

「あ、やべ、鼻血出そう……」

鼻の奥がツンとして、有希は天を仰いだまま鼻を押さえる。

「まだだ……耐えろ、あたし……このくらいじゃ、まだ……」

ぶつぶつと言いながら有希は立ち上がると、ぼんやりとした表情のアリサにキッとした目を向けた。そして、その顔の前に指を一本立てると、新たな暗示を掛け始める。

「あなたは可愛く元気なバニーちゃんです。私が指を鳴らすと、目の前のお客さんを全力でおもてなししたくなります」

そう言って有希がパチンと指を鳴らすと、アリサの目にゆっくりと色が戻って来て……

「いらっしゃいませお客様、私が心を込めて、おもてなしさせていただきますピョン♡」

「ボごはぁ!?」

誘うような悪戯《いたずら》っぽい笑顔が、ピョンピョンと跳ねるウサミミが、フリフリと揺れるうさしっぽが、有希のハートにクリティカルヒット！

「おもてなし、してくだしゃい……」

再び膝から崩れ落ちながら、有希は恍惚《こうこつ》とした表情でそう口にするのだった。

「堪能した……」

◇

その後、メイド服の有希も交えたおもてなしを受け、有希は妙につやっつやした顔で満足げに呟《つぶや》いた。そうして、着替えた二人に向かってスマホを向けると、催眠アプリの解除ボタンをタップする。すると、スマホから奇妙な振動音が流れ始め、徐々にアリサと綾乃の目が正気を取り戻し始めた。

「……あら？　ここは……私、いつの間に？」

「？」

数十秒後、完全に目を覚ました二人が困惑気味にリビングを見回す中、有希は申し訳なさそうな表情を取り繕ってアーリャさん。アリサに声を掛ける。

「ごめんなさい、アーリャさん。実は今日、政近君に催眠術を試していまして……図らずも、アーリャさんを巻き込んでしまったみたいなんです」

「え？　有希さん？　催眠術、って……」

いろいろと理解が追い付いていない様子ながら、アリサは〝催眠術〟という単語に危機感を覚えたらしく、パッと自分の体を庇《かば》う。

「ま、まさかまた何か……？」

「いいえ、大丈夫です。特に何もありませんでしたから」

有希は流れるように嘘を吐いた。

（いや、おさわりはしなかったし。そこのルールはちゃんと守ったし。何もなかったと言っても過言ではないよね？）

脳内でツッコミどころしかない言い訳をしながら、有希は兄の机の上から拝借してきたアリサのスマホをそっと差し出す。

「お詫《わ》びと言ってはなんですが……こちらを」

「あ、私の……なに？」

「その送った動画を観てみてください」

訝《いぶか》しそうな顔をしながらも、アリサは言われるままに動画ファイルを開く。そして数秒後、その目が大きく見開かれ――

「ぷっ、あはははっ！」

実に珍しい、アリサの心底おかしそうな笑い声が、久世《くぜ》宅のリビングに響くのだった。

5巻特典SS

※政近は鑑定スキル持ちではありません

「ん？　なんだあれ……フリーマーケット？」

たまたま通り掛かった、近所の大きな公園。そこの広場に敷かれた大量のビニールシートと、その上に並ぶ使い古された品々。見れば立て看板がされており、一週間に亘《わた》って大規模なフリーマーケットが開催されているらしい。

「フリーマーケットか……なんだか久しぶりだな」

前回フリーマーケットを覗いたのは、約二年前。その時もたまたま通り掛かりで、当時ハマっていたカードゲームの、掘り出し物のレアカードを見付けた覚えがある。その懐かしさに惹《ひ》かれ、政近《まさちか》はちょっと寄ってみることにした。

「ん……まあもう流石に、カードの投げ売りはしてないか」

流行が過ぎたせいか、かつて一世を風靡《ふうび》していたカードゲームはどこにも見当たらない。あるのは古着や古本、食器や家具、時々骨董品《こっとうひん》といった感じで、中高生が心惹かれるようなものはなかった。しかし、

「お……？」

とあるビニールシートの前を通り掛かったところで、政近は足を止める。目に留まったのは、花や鳥の絵付けがされた八枚一組の小皿のセット。

「お、キミこういうの興味があるの？」

並べられた小皿をまじまじと見ていると、退屈そうにビニールシートに座っていた中年男性が声を掛けてきた。それに曖昧な返事をしながら、政近はその場にしゃがむ。

「……これ、骨董品ですか？」

周囲に並んでいる壺《つぼ》やら仏像やらを見て政近がそう尋ねると、男性は苦笑を浮かべて頷《うなず》いた。

「うちの親父《おやじ》の遺品でね……なんだかいろいろと買い込んでたみたいだが、正直処分に困っててね。僕には価値なんて分かんないし、プロの骨董商にいいように買い叩《たた》かれるのも癪《しゃく》だから、こうしてフリーマーケットに出してみたんだよ」

「そうですか……」

「キミはなに？　こういうの分かるの？」

「いや、そういうわけじゃないんですけど……最近、誕生日プレゼントに知り合いからイイ感じのティーカップをもらいまして。ちょっと食器に興味が湧いたんです」

「へぇ～そうかい」

そんなことを話しながらも、政近の目はその小皿から離れない。

「ちょっと、触ってもいいですか？」

「いいよいいよ」

そして裏表をよく見て、特にヒビのようなものが入っていないことを確認してから顔を上げた。

「これ、いくらですか？」

「え、買うのかい？　そうだなぁ……千円、と言いたいところだけど、八枚全部買ってくれるなら、一枚百円の八百円でいいよ」

男性のその言葉に、政近は内心「こういうのって普通セットだと高くなるんじゃないのか？」と思ったが、すぐに「ここにあるのが八枚ってだけで、これで全部揃ってるとは限らないか」と思い直し、財布を取り出す。

「買います。千円でいいですか？」

「お、ホントに？　いやぁまさか最初のお客さんが、こんなに若い子だとは……あ、これ二百円ね。よかったら他にも見てくかい？」

「あ、じゃあせっかくなんで……」

よっぽど退屈していたのか、男性は気をよくした様子で、後ろから古紙に包まれた皿と木箱をいくつか取り出した。

「ほら、これはなんか箱に入ってて結構よさそうだと思わないかい？　絵も結構綺麗だしさ。こっちのこれは、いかにもお金持ちの家に飾られてそうな感じがするし」

「ハハ、なんか分かります。ちなみに、それはいくらなんですか？」

「ん？　う〜ん……こっちの箱に入ってるのは、一応どれも十万円ってことにしてるんだけど……やっぱり高過ぎるかな？」

「どうでしょう？　フリーマーケットでポンと出す金額ではないと思いますけど……」

「やっぱりそうだよね……」

政近の言葉に、男性は眉をハの字にして肩を落とす。それに苦笑しながら、政近は古紙に包まれたお皿をいくつか見て、その内の一枚で手を止めた。

「ん？　ああそれ？　へったくそな絵だよね。それくらいだったら僕も描けそうだよ。そもそも、何の鳥なのか全然分からないし」

政近が持つお皿を見て、男性はどこか恥ずかしそうに笑う。見るからに安物なそれを、自分の父親が大事にしていたという事実が恥ずかしいのだろう。しかし、政近はなぜかその絵から目が離せなかった。

「たしかに……なんか変な絵ですけど、全体で見たら悪くない気もしません？」

「え？　そうかい？　なんか見るからに粗悪な贋作《がんさく》って感じだけど……」

「……これ、いくらですか？」

「え!?　買うの!?　あ、いや……そうだなぁ、五百円でどう？」

心底驚いた様子で目を見開き、眉根を寄せながら金額を告げる男性。それに政近は頷くと、財布から五百円玉を取り出して手渡した。

「はい、たしかに……う〜ん、そっかぁ。まあ、好みは人それぞれだしね……うちの親父も、なんかピンと来ちゃったのかなぁ？」

今ひとつ納得していない様子で、男性は中途半端に頷く。それに対して、なんだか楽しくなってきた政近は続きをお願いした。

「他にも何かあります？　食器関連で」

「え？　ああ……じゃあ、湯呑《ゆの》みとかも見る？」

「是非」

◇

「……それで、これを買ったの？」

「おう、なんか綺麗じゃない？」

後日、例によって久世《くぜ》宅のリビングで夏休みの宿題をしながら、政近はアリサにそう尋ねた。すると、アリサが手元の湯呑みを見ながら眉根を寄せる。

「う〜ん……正直よく分からないけど、とりあえず麦茶は湯呑みに合わないと思うわ」

「やっぱり？」

アリサの指摘に苦笑しながら、政近はテーブルの中央に置かれている、ポテチの盛られた大皿を指差した。

「ちなみに、そのお皿もその時買ったやつなんだけど」

「ポテチに骨董品はもっと合わないでしょ……って、本当に下手な絵ね」

ポテチを掻《か》き分け、底の絵を見てはっきりと言うアリサ。それにますます苦笑を深めながら、政近は肩を竦《すく》める。

「ま、別に高い買い物じゃなかったし……全部で三千円くらいだったかな？　気に入った食器を買っただけだと思えば、大したことないだろ？」

「ふぅん、まあ趣味は人それぞれだけど……私だったら、どうせなら西洋アンティークを買うかしらね」

「中世ヨーロッパのティーセットとか？　そんなんそれこそ高いだろ……」

そんなことを言い合いながら、二人は湯呑みを口に運ぶ。

アリサは知らなかった。政近の審美眼が、周防《すおう》家の英才教育によって鍛えられたものだということを。

政近は知らなかった。今自分が口をつけている湯呑みが、三十年前に亡くなった人間国宝の傑作であることを。

二人は知らなかった。今、テーブルの上の時価総額がえっらいことになっていることを。

「というか、こういうのって普段使いするものじゃないんじゃないの？」

「いやぁでも、飾るのも意味分かんないし……まあ、ちょっと粋な食器みたいな感じで？　使おうかと？」

「ふぅん、まあ好きにすればいいけど」

二人は、知らなかった……

Иногда Аля внезапно кокетничает по-русски

5巻特典SS

ゆきちゃんとあやのちゃんは童心に返ったようです

「なにこれ超面白そう」

大学生が公園で水風船を投げ合う動画を観て、有希《ゆき》はそう呟《つぶや》いた。より正確に言えば、目を引かれたのは水風船の方だ。

なんでも、わざわざ一個ずつ水を入れなくとも、あらかじめ風船が取り付けられた管に水を入れれば、まるで房になるブドウのように一気に水風船が出来るらしい。次々と膨らんでは自重でバケツの中へと落下していく水風船に、有希は目を輝かせた。

「フッ、夏か……私も、童心に返る時が来たようだな……」

窓の外に目を向けながら、全然かっこよくないセリフを吐く有希。そこへ、紅茶を運んできた綾乃《あやの》。

「失礼いたしま、す……？」

入室すると同時にニマーッとした目で見られ、綾乃は数度瞬《まばた》きをする。主人の気まぐれに付き合わされることが決定した瞬間だった。

◇

「あれ？　お兄ちゃんいないの？」

「ええ、ちょうどさっき出掛けちゃったわよ？」

流石に家の庭や公共の場でやるわけにもいかず、父方の祖父母宅を訪ねた有希であったが……間が悪いことに、政近《まさちか》は不在だった。

「ごめんねぇ有希ちゃん。実は、わたしもちょっと出ないといけないのよ……さっきおじいさんに助けを求められちゃって」

「え？　おじいちゃんリルの散歩に行ったんじゃ……まさか、怪我《けが》でもしたの？」

「ううん、リルが焼き鳥屋さんの前で座り込んじゃって、ビクともしないんですって」

「くっそ平和かよ。いってらっしゃい」

犬を連れ帰りに向かう祖母を見送ってから、有希は庭にある倉庫を漁《あさ》る。そして、小さい頃に使っていた水鉄砲とビニールプール、ついでに空気入れを発見した。

「お～いいね、ますます童心に返れそうじゃん。これは後で遊ぼ」

楽しそうに目を輝かせながら、有希は一旦それらを脇に置くと、お目当ての青いバケツを二つ引っ張り出す。そして、そこに水を張ると、早速水風船を作った。

「おお～」

「これは……面白いですね」

枝分かれした管から複数の風船に一気に水が流し込まれ、次々と水風船が出来ていく。

その光景に小さく歓声を上げると、二人はスク水に着替え、庭の両端にそれぞれ陣取った。

その足元には、水風船を入れたバケツが。

「それじゃあ、始めるか……仁義なき水風船バトルを」

有希が不敵な笑みを浮かべて宣言し、綾乃が無表情で頷《うなず》く。そして、有希は水風船をひとつ引っ摑《つか》むと、号砲代わりに思いっ切りぶん投げた。

「そぉい！」

威勢のいい声と共に放たれた、開幕を告げる第一投は……狙いを大きく外れ、塀にぶつかって虚《むな》しく破裂した。

「……あれ？」

「……」

夏の庭に、なんとも言えない空気が流れる。それを誤魔化すように咳払《せきばら》いをしながら、有希は二つ目の水風船を摑むと、再び綾乃の胴体目掛けてぶん投げた。

「ふぬっ」

再び放たれた水風船は……今度は綾乃のだいぶ手前の地面にぶつかり、地面を湿らせた。

またしても沈黙が落ちる中、有希はハッとした表情を浮かべると、バケツの中の水風船に目を落とす。そして、戦慄に満ちた声で呟いた。

「ま、まさか……これも、〝ボール〟という扱いなのか……!?」

有希と政近は、兄妹揃って様々な分野で非凡な才能を発揮している。しかしその一方で、こと球技に関してはクソポンコツだった。向かってくるボールには親の仇《かたき》レベルで嫌われているし、投げたり蹴ったりすれば……見ての通り、重度のノーコンであった。

「なんてこった……これじゃあ、バトルにならないじゃないか……」

ガクッと肩を落としながら、有希はふと反撃が来ないことに気付き、綾乃の方を見る。

「……どしたん？　気にせずガンガン投げてもらっていいんだけど？」

「あ、えっと……」

「今は無礼講だから。主従とか気にせず、思いっ切りやっちゃって？」

「で、では……」

有希に促され、綾乃はぎこちなく水風船を手に取ると、それを有希に向かって投げた。

「ええい！」

……ぎゅっと、目を瞑《つぶ》ったまま。

「それじゃ当たらんやろ……」

有希のツッコミ通り、一直線に地面に激突し、水を弾けさせる水風船。恐る恐る目を開け、その様子を確認し……綾乃は破裂した水風船をせっせこせっせこ回収すると、それを手元のバケツに入れた。ちゃんとゴミを拾う真面目な綾乃に、有希はニコッと笑うと……

「思ってたんと違う!!」

グンッと頭を振って思いっ切り叫んだ。そして、肩をビクッと跳ねさせる綾乃を、両手をワキワキさせながらギンッと睨む。

「バトルでなに遠慮しちゃってんだよ！　なに、普通にゴミ掃除しちゃってんだよ！　今そんな従者根性発揮してんじゃねー！」

「で、ですが……」

「デスもライフも関係ない！　童心に返るって言ったでしょ！　全力で、精神年齢を後退させるんだよぉ！」

「そう、言われましても……」

「ほらそれ！　敬語禁止！　昔は敬語なんて使ってなかったでしょ！　普通に幼馴染《おさななじ》みしてた、あの頃に戻れっつってんの！」

「え、えぇ……？」

「ほらカモン！」

腰を落とし、両手をくいっとする有希に、綾乃は数秒目を泳がせてから、観念したように頷いた。

「分かり、まし」

「まし？」

「わ、分かった、よ？　ゆき……ちゃん？」

綾乃のぎこちないタメ口に、有希は一瞬目を見開いてから、にこーっとした笑みを浮かべる。

「うん……うん、いいね！　よ〜っし！　あたしも童心に返るぞぉ〜！」

そう楽しげに宣言すると、有希は天に向かってズビシッと人差し指を突き上げた。

「行くぜ！　天使モード発☆動！」

これがファンタジーモノのアニメであれば、光と効果音に満ちた変身シーンが流れるのだろうが……現実には当然そんな演出などなく。ただ謎の数秒間が流れた後、有希は綾乃に無邪気な笑みを向けた。

「それじゃあいくよ？　あやのちゃん！」

「は、はい！　あ、うん！　ゆき、ちゃん」

そうして、二人は数年ぶりに主従という関係を飛び越え、子供のように遊ぶのだった。

しかし、三十分後。

「ふむ……なんだか今は、とってもお兄ちゃんで遊びたい気分」

そこには、さながらソファに身を沈めるマフィアのようなふてぶてしさで、ビニールプールに身を沈める有希の姿があった。先程までの無邪気さは、もう欠片《かけら》も残っていない。それどころか、天使モードで無邪気さを発揮した反動か、今は逆に邪気しか残っていなかった。

綾乃を先にお風呂に行かせ、有希は水鉄砲片手に夏空を見上げる。

「フッ、夏か……ラッキースケベの季節だな」

ニヒルな笑みを浮かべながら、クソみたいなセリフを吐く有希。そして、金属製の門が軋《きし》みながら開く音を聞いて、有希はニヤリと笑うのだった。

5巻特典SS

せんせ～、会長と副会長が怪我人の前でもラブコメしてま～す

「フーッ、フーッ」

「あ、アーリャちゃん、なんてことを……久世《くぜ》くん、大丈夫⁉」

アリサが投げつけた上靴を思いっ切り顔面に食らい、声も出さずにぶっ倒れた政近《まさちか》。そのままピクリとも動かない様子に危機感を覚え、マリヤは自分が下着姿であることにも構わずに、政近へと駆け寄った。

そして、政近の顔にかぶさったアリサのワイシャツを取り上げると――

「……あら？」

「政近、君……？　え、寝てる？」

「どう、かしら？　特にこぶにはなってないみたいだけど……」

心配そうに政近の後頭部を撫《な》でるマリヤと、若干気まずそうにその様子を窺《うかが》うアリサ。

二人共ソックスに下着姿。傍《はた》から見ると、なかなかにすごい光景だった。

と、マリヤが軽く頭を持ち上げたせいか、そこで政近の鼻の穴からつぅっと血が垂れた。

「あ、あら？　鼻血が……」

果たしてこの鼻血は、上靴が顔面に直撃したせいなのか、それとも……

「……」

「……」

なんとも気まずい沈黙の中、無言でアリサがティッシュを差し出し、マリヤがそれを政近の鼻に詰める。

「……とりあえず、着替えましょっか？」

「そう、ね」

そして微妙な雰囲気の中、二人は一旦政近のことは置いておいて、手早く新しい制服に着替えた。その間、特に政近が目を覚ますことはなく。着替えを終えた二人は、どうしようかと顔を見合わせる。

『――――だな』

『――から、――――よねぇ』

すると、そこで生徒会室の外から、二人分の聞き慣れた声が聞こえてきた。その声に、アリサとマリヤがパッと顔を上げた数秒後、生徒会室の扉がガチャンと音を立てる。

『あれ？　なんで鍵掛かってんの？』

「あ、ごめ～ん！」

扉越しに聞こえてきた茅咲《ちさき》の怪訝《けげん》そうな声に、マリヤは慌てて扉を開錠した。するとそこには、不思議そうな顔をした統也《とうや》と茅咲の姿が。

「あ、あら～二人共？　どうしたの～？」

「いや、それはこっちのセリフなんだけど……あたしと統也は、ちょっと学祭関連で先生と話があって、その書類を置きに来たんだけど……？」

　それを聞いて、マリヤは直感的に「今、中に入られるのはマズい」と思った。だって、なんだか事件現場みたいになっちゃってるから。

「あらそお？　それはお疲れ様～あ、その書類は置いとくわね～」

「いや、別に自分で置くが……というか、どうした？　中に何かあるのか？」

　両開きの扉を片側だけ開け、一向にその場からどこうとしないマリヤに、統也は怪訝そうに尋ねる。それに対し、マリヤは少し困った顔をして小声で答えた。

「今、中でアーリャちゃんが新しい制服に着替えてて……」

「あっ、な、なるほど」

　マリヤの言葉に、統也は気まずそうに目を逸《そ》らすと、手に持っていた書類をマリヤに差し出す。

「じゃあこれ、俺の机の上に置いといてくれるか？」

「は～い」

　それを受け取ろうと、マリヤが扉から手を離した瞬間。

「──血の臭いがする」

　茅咲がそう呟《つぶや》いたかと思うと、パッとマリヤの隣をすり抜けて室内に侵入した。

「あ、茅咲ちゃん！」

マリヤの呼び止める声も意に介さず、茅咲は室内に目を走らせる。そして、

「！　久世君！」

ソファの陰に倒れている政近を発見し、茅咲はバッと駆け寄った。そして、その首筋に手を当て、戦慄に満ちた表情を浮かべる。

「し、死んでる……」

「死んでません！」

「いや、ごめん。ちょっとやってみたかった」

アリサの鋭いツッコミに、茅咲は照れ笑いを浮かべて立ち上がった。

「で、実際どうしたの？　久世君」

「あ、その……」

「あ、はは……」

気まずそうに口ごもるアリサと、困ったように笑うマリヤ。

「なんだ？　久世がどうかしたのか？」

「あ〜入って来ていいよ、統也」

茅咲に促され、統也がおずおずと生徒会室に入る。そして、ソファの陰で鼻に詰め物をされながら倒れている政近を見て、なんとも形容しがたい表情になった。

「……本当に、何があったんだ？」

そう問うが、やはり姉妹は目を逸らすばかり。そこで予鈴が鳴り、四人はハッと時計を確認した。

「あ、やばい。五限目始まっちゃう」

「そう、だな……仕方ない。とりあえず久世は俺が保健室に運ぶから、詳しい事情は九《く》条《じょう》妹から保健の先生に伝えてくれるか？」

「ちょっと待って統也。生徒会長が万が一にも授業に遅刻しちゃマズいし、久世君はあたしが運ぶよ」

「いや、それは──」

「大丈夫だって、あたしがパパッと──」

そう言って、茅咲が政近を持ち上げようとした瞬間。

「茅咲！」

統也が鋭く声を上げ、アリサとマリヤはビクッと肩を跳ねさせる。茅咲もまた、少し驚いた顔で統也を見上げた。

「……なに？　どうしたの？」

「あ、いや……」

恋人の少し咎《とが》めるような視線に、統也は気まずげに頬を掻《か》く。そして、視線を逸らしながらごにょごにょと言った。

「いくら久世でも……あんまりその、体が密着するようなことは……」

照れくさそうに、恋人へのやきもちを口にする統也。それに茅咲は一瞬驚いた顔をしてから、照れと嬉《うれ》しさが半々の笑みを浮かべる。そして、

「もう！　統也ってばぁ！」

照れ隠しに、統也の肩を小突こうと放たれた茅咲のパンチが。

「あ――」

統也の肩の上を滑り抜け、その顎を斜め後方から打ち抜いた。直後、統也の巨体がぐらりと揺れ、声もなくその場に崩れ落ちる。

「ええ～……」

「あら～……」

「あ、ご、ごめん統也……」

統也が床に倒れ伏す前にその体を摑《つか》み止め、茅咲は眉を下げる。そして、ふと政近の方を見て、何かを察した様子でアリサに目を向けた。

「……もしかして、久世君も？」

「……まあ、そんな感じです」

「あぁ～……」

思わぬところで通じ合い、茅咲とアリサはなんとも言えない顔になる。

「とりあえず……二人を保健室に運ぼっか？」

「統也……」

「そう、ね」

「う、うん」

その後、女性陣の手によって保健室に運び込まれる統也と政近の姿が目撃された結果、その噂は瞬く間に学園中に広がり、何があったのか様々な憶測を呼んだ。

しかし、当事者が全員口を噤《つぐ》んだため、真相は闇に葬られたのだが……その、いかにも触れてほしくなさそうな雰囲気が、また更に興味を煽《あお》り。この一件は『夏休み明けの生徒怪』と名付けられ、数週間に亘《わた》って学園中の話題を独占するのだった。

5巻特典SS

部活動は部族の活動ではありません

『こ、これは……！　部長、わたくし達、大変なものを生み出してしまいましたね……！』

『そうね……くふふっ、素晴らしい……素晴らしいわ！　これぞこの世の全ての女の子の夢！　くぅ、私がこの服に見合う美少女だったなら！　今日ほど、自分の薄い顔と貧相な体を恨んだことはないわ……っ!!』

『わたくし共も同じ気持ちです……こんなに素晴らしい服なのに、着ているのが古びたマネキンだなんて！　歯がゆい！　歯がゆいです部長！』

『このまま学祭で展示だけして、それで終わりだなんてあんまりです！　……いっそのこと、プロのモデルさんでも雇いましょうか。そのくらいしなければ、この服が浮かばれませんわ！』

『う〜ん、そう、ね……でも、自分で言うのもなんだけど、正直人が着ることを考えないで趣味全開で作っちゃったから、そもそも現実にこの服を着こなせる人がいるのかどうか……』

『そうですよね……下手な人が着ると、シルエットが崩れて不格好になってしまいそうですし……』

『なんというか、着る人は着る人で夢みたいなスタイルが求められてますよね……』

何やら興奮した女生徒たちの声が廊下にまで漏れ聞こえている、手芸部の部室。その異様な熱気に少し気圧《けお》されながらも、アリサは部室の扉をノックした。すると、一瞬声が静まった後に「はい」という応答が聞こえてくる。

「失礼します」

一応確認のために手元の書類に目を落としながら、アリサは扉を開ける。

「すみません、こちらの書類、レシートが足りないようなのですが……」

そして、やはり足りないと再確認してから、何気なく顔を上げ――瞬《まばた》きもせずにこちらを凝視する八人分の視線に、ぎょっと半歩後退《あとずさ》りした。

「あ、あの……何か？」

一様に鬼気迫る顔で、ぎょろんとこちらを見てくる手芸部員たちに、アリサは恐る恐る問い掛ける。が、返答はない。ただ、無言のまま一人の女生徒がスタスタと近付いてきた。実行委員会の第一回会合で自己紹介していた、手芸部の部長だ。

「ちょっと失礼」

「えっ」

こちらも怖いくらい真剣な表情でアリサの両肩を摑むと、手芸部部長は眼鏡を光らせながらアリサの体にじろじろと視線を這《は》わせた。

「(この脚の長さ、このバストとヒップに対してこのウエスト？　なんという人間離れしたスタイル……化け物か)」

「あの、レシートを……」

なんだかブツブツと呟く上級生が恐ろしく、アリサはとにかく職務を遂行しようと声を掛ける。すると、パッと顔を上げた手芸部部長が、嘘くさいほどにニコッとした笑みを浮かべた。

「ああ、レシートね。ごめんなさいね？　今ちょっと探させるから……」

声音は優しいが、相反するように握力は強い。アリサの肩を掴む手が、決して逃がしはしないという意志を如実に示していた。そして、ザササッと近付いてきた上級生のお姉さま方が、そこへ更に包囲網を形成する。

「うちの不手際でごめんなさいね？　まあとりあえず座って？」

「そうそう、すぐ探すから、ちょぉっと待っててくれるかな？　そんで待ってる間、ちょこっとだけ体を貸してくれる？」

「大丈夫ですわ。部屋のミシンを数えている間に終わりますから」

これまた嘘くさい笑みを張り付けたまま、有無を言わさずアリサを連れ込む手芸部員たち。

「え、え、えぇ？」

上級生のお姉さま方を強引に振り払うことも出来ず、ただただ戸惑うばかりのアリサ。

その背後で、部屋の扉がバタンと閉まった。

◇

――二十分後。

「あぁぁあぁあ〜〜〜!!　神！　神！　神ぃ!!」

「ありがとうございます！　ありがとうございます!!」

「目が！　目がぁ!!」

「フゥオオォォォ――!!　エクセレンッッ!!」

そこには、神を崇《あが》め奉《たてまつ》るどこぞの部族さながらに狂喜乱舞する、手芸部員たちの姿があった。その中心にいるのは、この上なく表情を強張《こわば》らせたゴスロリ姿のアリサ。

（帰りたい……）

心の底からそう思う。シンプルに怖過ぎだった。血走った目でこちらを凝視する生徒、なんか拝み出しちゃってる生徒、あとなんか目をやられちゃったっぽい生徒。大丈夫かあれ。

（なんで……なんで私、ドレスを着させられてるの？　なんでこの部長《人》私の髪を編んでるの？　というか、いつ脱がされたの⁉）

疑問は尽きない。疑問に逃げていないと、怖過ぎるとも言える。ただただ表情を凍らせたまま、アリサはひたすらに狂乱の波が去るのを待っていた。その無表情さが、アリサの整い過ぎた美貌と相まってお人形感を増幅させ、かえって周囲の熱狂を煽っているのだが……当人にその自覚はない。

(それに、この服……なんで、上半身がシースルーなの!? む、胸が……谷間が、見えちゃってるんだけど!!)

この絶妙な透け感が、下手な水着なんかよりも逆に扇情的な感じがして、アリサは猛烈な恥ずかしさに襲われた。せめて何か羽織るものが欲しいところだが、周りでウンダバウンダバしてる手芸部員たちには全く話が通じる気がしない。

やむなく、アリサは周囲が落ち着きを取り戻すまで耐えることにした。幸い、室内には女性部員しかいないので、まだマシ……と、思ったところで。

「あの～失礼します。こちらに九条《くじょう》は来てますか……?」

遠慮がちに扉を開けて、なんだかスッキリとした顔をした男子生徒が顔を出した。そう、つい先程生まれ変わった《リセットされた》ばかりの政近《まさちか》である。

飲み物を頼んだのになかなか戻って来ないアリサを気にして、妙に騒がしい手芸部の部室を訪れた政近の視界に……ゴスロリドレスに身を包んだアリサが映った。アリサもまた、予想外の闖入者《ちんにゅうしゃ》に思考を停止させてしまう。

「……」

「……」

未《いま》だ周囲に狂熱が満ちる中、そこだけ凍り付いたように見つめ合う二人。政近の視線が、アリサの頭から足まで移動し、再び頭へと戻って来て……ぎゅんっと高速反転し、胸で静止した。その視線、その瞳に浮かぶ驚愕《きょうがく》を敏感に察知し、アリサは反射的に胸を隠す。

「ぃや──」

「ハぐぉっ！」

アリサの悲鳴にかぶさる形で、政近の奇声が上がる。政近は、まるで腹部を強打されたかのように膝を砕けさせると、扉に掴まる形で踏《ふ》み止《とど》まった。……若干内股で。そして、

「……っ、更科《さらしな》先輩！」

「呼んだ？」

政近の呼ぶ声に、茅咲《ちさき》がその背後からにゅいっと顔を出す。そちらを振り向き、政近は切羽詰まった表情で乞うた。

「リセ──」

「せいっ」

皆まで言わせず、即座に政近をリセットする茅咲。その後、ウンダバしている手芸部員たちも次々とリセットしていく。

「大丈夫？　アーリャちゃん」

「あ、は、はい……」

瞬く間に狂騒を鎮め、茅咲はイケメンな笑顔でアリサに手を差し伸べる。ここだけ切り

取れば、さながら囚《とら》われのお姫様を救う勇者のような美しいシーンなのだが……その背後で死屍《しし》累々の様相を呈している手芸部員を見ては、頬が引き攣《つ》るのを止められない。と、そこで手芸部部長がぬるりと再起動した。そのゾンビじみた動きに、アリサはビクッと肩を跳ねさせる。

「うん……？　私は、何を……」

ぼんやりとした表情の手芸部部長が、何気なくアリサの方を向いて……その瞳に、再び狂熱が宿る。

「フゥォ――う？」

その顎を茅咲が裏拳で打ち抜き、即座に鎮圧。

「なんだ……リセットじゃなく、普通に眠らすべきだったか」

その呟《つぶや》きの後、アリサの目の前で一方的な部族弾圧が行われた。

「……」

いろんな意味でトラウマになりそうな光景の連続に、全て夢だったと思いたいアリサだったが……そんなアリサの願いを嘲笑《あざわら》うかのように。

「アーリャ、何か手伝おうか？」

「う、ううん、大丈夫……」

「そう？　助けが欲しい時は、いつでも言ってくれよな」

「あ、うん……」

短時間に二度もリセットされた影響か、政近はしばらくの間キレイな政近になっていた。

6巻特典SS

三人で仲良く（?）相性占い

「占いの館……？」

有希《ゆき》に案内された教室の入り口を見て、アリサがちょっと不審そうな顔をする。しかし、有希は特に気にした様子もなく「はい」と頷《うなず》いた。

「わたくしのお友達で、占いが得意な三《み》須《す》さんという方が主導された企画なんです。普段は使わない本格的な道具も持ち込んでいるらしくて、せっかくなので占ってもらおうかと」

「ふ〜ん、そう……」

女性は割と占い好きな人が多いイメージがあるが、アリサの反応は芳《かんば》しくない。

（まあ、アーリャって素で『運命は自分で切り拓《ひら》くもの』って思ってそうだもんな……占いとかあんまり信じないタイプか）

目に見えて興味がなさそうなアリサに微苦笑を漏らしつつ、政近《まさちか》は有希をフォローする。

「占い、ねぇ……考えてみれば、個人的に占ってもらったことって一度もないな。せっかくだから、話のネタにやってもらうか」

「ええ、そうしましょう。アーリャさんも、いいですか？」

そう言いながら、有希がナチュラルに政近の腕を抱くと、アリサはピクッと眉を跳ねさせつつ頷いた。

「じゃあ、行くか」

これまたナチュラルに有希の腕を振りほどきながら、政近は入り口に向かう。そして案内役の生徒に声を掛けると、有希が背後から口を挿《はさ》んだ。

「すみません、三須さんにお願いしたいのですけれど」

「三須さんですね。えっと、あっ、今ちょうど空きましたね。一番奥のスペースへどうぞ～」

パーテーションで区切られた指定のスペースに入ると、黒いテーブルクロスの上に大きな水晶玉が置かれた、いかにもな光景が目に飛び込んでくる。その奥に座るのは、紫色のフードを目深にかぶった女生徒。その口元が艶然とした笑みを浮かべて、婀娜《あだ》っぽい声を紡いだ。

「ようこそ、わたしは占い師のミス三須……」

「もっと他に芸名なかったのか？　すごいミスしそうなんだが」

「あらお上手」

「そうか……？」

首を傾げながら、政近は手で勧められるままに深く考えずに席に着いて──

(あ、しまった)

有希とアリサに左右から挟まれる形になったことに気付いて、ちょっと後悔した。が、もう遅い。

（まあ、別にいいか……）

「それで、何を占ってほしいのかしら？」

「そうですね、それでは相性占いで」

（妹ぉぉぉぉぉ────!!）

即座に悪意しかない提案をする妹に、政近はギロンとした目を向ける。が、有希はどこ吹く風。ミス三須も気にした様子もなく、しかし少し困った様子で頬に手を当てる。

「う～ん、相性占いは基本的に二人でやるものなのだけ、ど……」

「では、二人ずつ占ってもらいましょう。ね？」

そう言って、有希は政近ではなくアリサの方を見た。その瞳に挑発的な輝きを宿し、有希は笑う。

「誰と誰が、一番相性がいいのか。見てもらいましょう？」

そんな提案を受けたら、アリサは当然……

「いいわよ？　そうしましょう」

そうして、政近の意思を無視して、誰も幸せにならない相性占いが始まったのだった。

「ではまず、誰と誰を占うの？」

料金を受け取ったミス三須が尋ねると、有希が政近とアリサの方を見ながら言う。

「ここはやはり、選挙戦ペアの二人からでは？」

「……いいわよ」

そしてやはり政近の意思を無視して、まず政近とアリサの相性を占うことになる。二人の誕生日と血液型を伝えると、ミス三須がテーブルの上の水晶玉を手で示した。

「それじゃあ、二人でこの水晶玉に手をかざしてちょうだい？」

その瞬間、政近の右手の甲がちょんちょんとつっつかれ、手を開くとそこに有希からの高速手のひらフリック。

『え、これ大丈夫？　爆発したりしない？』

『ステータス鑑定じゃねーよ？』

『オイオイどんだけ自分に自信があんだよ』

『お前が振ってきたんだろうが』

右手で有希と漫才しつつ、政近は左手を水晶玉にかざした。すると、アリサがその上に手を重ねてくる。

「あ、重ねなくても大丈夫よ？」

「っ⁉」

そして、ミス三須の言葉に慌てて手を離すと、なぜか政近の方をキッと睨《にら》んできた。

「いや、なぜ俺を睨む」

「別に」

プイッと反対を向きながら、アリサは改めて水晶玉に手をかざす。すると、水晶玉を覗《のぞ》き込んでいたミス三須がゆっくりと頷いて言った。

「はい、いいわよ？　そうねぇ二人はとっても相性がいいように見えるわ」

「え、そう、ですか？」

数分前の興味なげな様子から一変して、アリサは髪をいじりながら少し弾んだ声を出す。

「ええ、お互いの足りない部分を補い合い、共に歩いていく……」

「ふ、ふ～ん」

髪をいじいじ目をチラチラするアリサ。そこへ、ミス三須が笑みを浮かべて締めくくった。

「とても理想的な、ビジネスパートナーになれるわ」

「ビジッ……」

アリサの指がピタッと止まり、表情がピシッと固まる。

「まあ！　お二人にピッタリの結果ではないですか？　お二人は、共に選挙戦に挑むパートナーなわけですし」

そこへ有希、流れるような追い討ち。

【ビジネス……私達の関係は、ビジネス……？】

アリサ、思いっ切り真に受ける。

（滅茶苦茶《めちゃくちゃ》ショック受けてんじゃねぇか……）

ちょっと瞳孔開いちゃってるアリサを前に、政近はどう声を掛けたものか悩む。しかし、政近が何かを言うよりも先に、ミス三須が「さて」と声を上げた。

「次は……それじゃあ、周防《すおう》さんと久世《くぜ》さんにしましょうか。周防さんのプロフィールは知ってるから、そのまま二人で水晶玉に手をかざしてもらえる？」

言われるまま、政近と有希は同時に手をかざす。すると、フードと前髪に隠れたミス三須の目が、カッと見開かれた。

「こ、これは……！　すごい。すごいわ！　こんなにも相性ピッタリなペア、見たことない！」

興奮のためか、婀娜っぽい声も鳴りを潜める。

「今までいろんな人を見てきたけど、仲睦《なかむつ》まじいカップルでもここまでは……これはもはや夫婦？　いいえ、これはそう、あらゆる利害関係を超越した、家族……！」

（家族《兄妹》ですが何か？）

二人の心の声が重なった。

【二人は絆《きずな》で結ばれた関係……ふふっ、私は所詮冷たい利害関係……】

その一方で、アリサの瞳が死んでいた。そちらを愉快そうに見て、有希がわざとらしく政近の腕に抱き着く。

「ふふっ♪　やっぱりわたくし達は、相性バッチリなのですね♡」

そう言って挑発的にアリサの方を見る有希だったが、アリサはそちらを見返して、「フフッ」と卑屈っぽい笑みを漏らすのみ。その予想外の反応に、有希はパチパチと瞬《まばた》きをして……再び高速手のひらフリック。

『あれ？　なんか思ったより気にしてる？』

『もしかしたら、信じてないから乗り気じゃなかったわけじゃなく、悪い結果だと気にし過ぎちゃうから乗り気じゃなかったんじゃ？』

『あ〜ね』

そうしていると、ミス三須が有希とアリサに声を掛ける。

「最後は、周防さんと九条《くじょう》さんね。さ、水晶玉に手をかざして？」

「あ、はい」

「……」

二人が手をかざし、ミス三須はまじまじと水晶玉を眺めると──

「あ〜〜」

なんか、見てはいけないものを見たような声を出した。

「あ〜〜……」

そして、テーブルの下に手を伸ばすと何かを摑《つか》み、政近へと差し出してくる。

「？」

首を傾げながら手を出すと、渡されたのは先程払った占いの料金。

「どういうこと⁉」

これは、なかったことにしろということか。そんなにマズいものが見えたのか……と眉根を寄せる政近に向かって、ミス三須はどこか同情を孕《はら》んだ声で告げる。

「あなたの未来に、幸が多からんことを祈っているわ」

「なぜ俺に言う⁉」

なぜ、占われた当人のアリサと有希ではなく、政近に言うのか。というか、

「そもそも、今のこの空気は誰が原因だと？」

落ち込んでるアリサを視線で示し、ジト目を向ける政近に、ミス三須はスッと顎に指を当てて言う。

「周防さんでは？」

「その通りだ。おい、反省しろ」

告げられたド正論に、政近はピシッと有希にデコピンをするのだった。

Иногда Аля внезапно кокетничает по-русски

6巻特典SS

せんせ〜、会長と副会長が隙あらばラブコメするんですけど〜

「それではこれより、スペシャルマジックショーを開催します！」

マリヤの宣言に合わせ、集まった観客が拍手をする。マジックバー風に装飾された教室内では、現在長机が端に寄せられており、代わりに観客席と広めのスペースが用意されていた。午前と午後に一回ずつ行われる、マジックショーの態勢である。

事前に結構アナウンスしてあったためか、秋嶺祭《しゅうれいさい》初日でありながら客入りも上々であった。その最前列に座りながら、統也《とうや》は一際大きな拍手を送る。

「今回行われるマジックは……脱出マジックです！　挑戦するのは茅咲《ちさき》ちゃん！」

マリヤの紹介に合わせ、茅咲が観客に手を振りながら登場する。二年の二大美女が並び立ち、観客から歓声と感嘆が上がった。しかし、当然ながら統也の目にはバーテンダー衣装の茅咲しか映らない。と、

「！」

茅咲と目が合ったかと思うと、悪戯《いたずら》っぽくパチンとウィンクをされる。

（オッふぉう）

ただそれだけでハートを鷲摑《わしづか》みにされ、統也は肩を跳ねさせた。その背に嫉妬に満ちた視線が向けられるが、恋に盲目状態の統也は気付かない。

「脱出するのはぁ〜こちら！」

そこへマリヤの声に合わせて、幅八十センチ高さ二メートルほどの大きな箱が用意される。箱の前面には布で目隠しされた直径十五センチほどの穴が開いており、その横に掛金が付いていた。マリヤがその掛金を外すと、箱の前面が開いて空っぽの中身が見える。そのガランとした箱の内部を指差しながら、マリヤは続けた。

「茅咲ちゃんにはこの中に入ってもらい、二分以内の脱出を目指してもらいます。見ての通り箱には穴が開いているので、ここから手を伸ばせば簡単に開けられてしまいますが……そうはいきません」

マリヤはベストのポケットからダイヤル錠を取り出すと、それを観客に示す。

「掛金には、このダイヤル錠を付けてしまいます。もちろん数字は教えますが、手探りで、時間に追われながら、片手で数字を合わせなければいけません。一度でもミスをすれば、脱出はほぼ不可能になるでしょう。更に〜！　これだけではありません！」

そこでマリヤが目配せをすると、二人の女生徒が大きな袋と鎖、南京錠《なんきんじょう》を運んできた。その袋の上に茅咲が立つと、女生徒二人がバッと袋の口を持ち上げ、茅咲の首元で紐《ひも》を結んで閉じる。更に、袋の上から鎖をグルグルと巻き付けると、両端を南京錠で留《と》めてしまった。一分足らずで、茅咲はさながら収監された凶悪犯のような姿になる。

「茅咲ちゃんには、この状態で箱に入ってもらいます。まずは鎖からの脱出。そして袋からの脱出。最後に、箱からの脱出。これを二分以内に行うんです！」

そのマリヤの説明に、観客は「ええ〜？」という冷やかし半分の懐疑的な声を上げた。恋人の痛ましい姿と一見無謀に思える挑戦に、統也も眉をひそめて心配する。

（せめて、手錠くらいはした方がいいんじゃないか？　これじゃあ普通に腕を動かせるじゃないか）

この男、恋人への信頼度が抜群であった。

斜め上の心配をする統也の前で、マリヤがふと声を潜める。

「もし茅咲ちゃんが、二分以内に脱出できないと……箱が二度と開かなくなる？　それとも穴から剣を刺す？　それともまさかまさか、箱の中で爆発が起きる……？」

マリヤの重々しい口調に、観客が緊張する中……運ばれてきたのは、お皿に載せられた直径十四センチ、厚さ十センチほどのバームクーヘン。それを示しながら、マリヤはさも恐ろしいといった風に宣言する。

「こちらの差し入れのバームクーヘンを、わたしが全部食べてしまいます！」

（いや平和だな。というか、それ一人で食うのか九条《くじょう》姉）

観客の感想も、概《おおむ》ね統也の感想と一致していた。なんだか生温かい空気が漂う中、茅咲がマトモに身動き出来ない状態でありながらも堂々と啖呵《たんか》を切る。

「一分以内に脱出するから。マーシャには半分も食べさせないよ！」

「ふふ、どうかな〜？　そんなこと言われたら、わたしも本気出しちゃうよ〜？」

（え、これおやつ争奪戦だったのか？）

謎に不敵なやりとりをする二人に、統也は脳内でツッコむ。日曜朝の子供向け番組並みに平和な争いであった。

「それじゃあ、始めるよぉ〜？　仁義なき、おやつ争奪戦を！」

「いや言っちゃったよ」

思っていたことを言われ、統也は思わず声に出してツッコんだ。同時に周囲からも笑い声が上がり、教室内に和やかな空気が流れる。

「それじゃ、茅咲ちゃんは箱に……」

マリヤが、袋や鎖を持って来たスタッフ二人に目配せすると、彼女らは茅咲を両脇から支えようと手を伸ばす。

「いや、大丈夫」

それを断り、茅咲は普通に袋を蹴破ると、自分で歩いて箱に入った。うん、ツッコんではいけない。

「それでは閉めます。そしてダイヤル錠を掛けて……ガチャガチャガチャっと」

適当にダイヤルを回し、マリヤは数字を確認して茅咲に声を掛ける。

「茅咲ちゃ〜ん、上から3、6、7、1。もう一度言うよ？　3、6、7、1。全部を0

に合わせたら開くからね～？」

『了解』

茅咲の応答を受け、マリヤはポケットから小さな鍵を取り出すと、観客に見せた。

「これは、鎖を解くための南京錠の鍵です。これをぉ～……えい」

マリヤが箱の前面に開いた穴から鍵を放り込むと、カタンと鍵が底面にぶつかる小さな音が鳴る。

「これで準備完了です！　それではいよいよ始めます！　さん、に～、いちぃ～……脱出、スタート！　いっただっきま～す」

そう言って、マリヤがバームクーヘンにフォークを突き刺した一秒後。箱の中から、
バギンッ！　ジャララララララガチャンッ！　ビ、ビィィィィイ……ゴソゴソ、
パサッ
いくつもの音が立て続けに鳴ったかと思うと、箱に開いた穴から茅咲の腕がにゅっと伸びた。

(うん、知ってた)

南京錠の鍵……あれ、何の意味があったんだろうか。

統也が悟ったような目になる中、箱から突き出した茅咲の手がバタバタと掛金の位置を探り、そう間を置かずにダイヤル錠を引っ摑《つか》んだ。

カチ、カチカチ……

そして、親指と人差し指でひとつずつ慎重にダイヤルを回し――

ガチッ、バギィ！

やおらダイヤル錠を握ると、掛金ごと箱からむしり取った。

（ハハハ、流石は茅咲。思い切りがいいなぁ）

他の観客と一緒に虚《うつ》ろな笑みを漏らしながら、統也が見守る先で……箱が、開く。

その中には、半ばから引き千切られた鎖、大きく切り裂かれた袋、形のゆがんだ掛金……それら見るも無残な拘束具の残骸を背後に、茅咲は悠然と床に降り立った。この身を縛るものなど何もないと言わんばかりに、わずか十秒ほどで脱出を果たした茅咲は傲然と笑う。が、

「ごちそうさまでした～♪」

その時点で既に、バームクーヘンは消えていた。

6巻特典SS

ボディビル部かここは

「ささっ、入って入って」

「え、ここ……」

　クラスの女子三人に連れて来られた《拉致されてきた》場所に、アリサは反射的に尻込みしてしまう。なぜならそこは、つい先日ちょっとしたトラウマを植え付けられた……手芸部の部室だったから。

　実行委員の仕事で部室を訪ねた際、そこにいた部員達に寄ってたかってゴスロリ衣装を着せられた挙句、崇《あが》め奉《たてまつ》られた（？）のは記憶に新しい。今回も同じことになるのではないか……と思うと、入室を躊躇《ためら》ってしまうのもやむなしだった。だが、この三人はアリサのそんな事情など斟酌《しんしゃく》してはくれない。

「は～い、一名様ごあんな～い」

　肩を押されて入室し……中に生徒が一人しかいないことに、アリサはほっと胸を撫《な》で下ろし――

「あ、神だ」

踵《きびす》を返した。でも、退路をガッツリ塞がれているので無意味だった。

「え、なんで？　なんで急に帰ろうとしたの？」

「神扱いされたからだと思います」

「え、だって神じゃん。スタイルの神」

「「「それはそう」」」

周囲からギラリとした目を向けられ、アリサはいっそ強行突破しようかと本気で考える。

しかし、その考えを予期したかのように左右から腕を掴まれ、アリサはあっという間に隣室に連れ込まれてしまった。

「さっ、じゃあ早速着替えよっか」

「安心して？　ここは鍵掛けられるから」

それは逆に安心できない。そう思いつつ、アリサはじりっと後退《あとずさ》る。

「着替えるって……？　普通に、魔法使いのコスプレじゃないの？」

訊《き》いた途端に再び三人の目がギラリと輝き、アリサは一瞬で後悔した。

「あんな体形が出ない衣装を着るなんてありえない！」

「神への冒瀆《ぼうとく》！」

「大丈夫です！　我々が九条《くじょう》さんの神スタイルを最高に引き立てる衣装を用意しましたから！」

「いや、神じゃ……え、用意してくれたの？　わざわざ？」

そう言われてしまうと、アリサとしても無下には出来ない。それでも数秒「んん～」っと悩んでから、アリサは軽く諦めの息を吐いた。

「……風紀委員に叱られないような衣装でお願いね」

そこだけ念押しし、もう後はこの三人に任せようと……したの、だが。

「ねぇ、話聞いてた？」

出て来た衣装を前に、アリサは眉がピクピクしてしまう。なぜなら、それは露出度激高な踊り子衣装だったから。もう、明らかに布面積が足りていなかった。否《いな》、正確に言えばまとっている布は多いのに着ている布は少ないという謎掛けみたいな衣装で、なんだったら下手な水着よりもよっぽど過激で煽情《せんじょう》的だった。

「こんなの着れるわけないでしょう！」

「大丈夫！　サイズは合ってるはずだから！」

「そっちじゃない！」

渾身《こんしん》のツッコミをするも、三人は「え、じゃあ他に何の問題が？」とでも言いたげなきょとん顔をするのみ。その表情のままお互いに顔を見合わせ、同時に「ああ」という顔をする。

「大丈夫！　企画のコンセプトには合ってるよ？　異世界の酒場には踊り子くらい普通にいるし！」

「そもそも冒険者パーティーにも踊り子いるし」

「攻撃役《アタッカー》と支援役《バッファー》の両方をこなせる立派な戦闘職です」

揃いも揃って的外れのフォローをしてから、三人は同時に力説する。

「「「そしてエロい!!」」」

「それが問題なのよ！」

ただの確信犯だった。当然、アリサは着替えを拒否する。いや、した。の、だが……

「お願い！　三分でいいから！」

「ほらここの金細工とかすごくない!?　めっちゃこだわって作ったんだよ!?」

「せっかく生み出されたのに一度も人間に着られることのないままマネキンのお飾りになるなんて、衣装が可哀《かわい》そうです！」

クラスメート三人に泣きつかれ拝み倒され……実際衣装自体はすんごい力作であることが見て取れたこともあり、アリサは折れた。結果、

「あぁ～！　ありがとうございます！　ありがとうございます!!」

「これで一カ月は生きられます！」

「おぉ、神よぉ!!」

「踊り子様のご降臨じゃあぁぁ――――!!」

「だから嫌だったのよ！」

奇祭再び。一体どこから湧いてきたのか、いつの間にやら増えていた手芸部員にウンダバウンダバされ、アリサは引き攣《つ》った顔で自分の体を隠す。すると、手芸部員たちはハッ

とした表情で狂喜乱舞をやめた。そして、反省するように視線を交わした後、髪を首の後ろでひとつ結びにした女生徒が申し訳なさそうに声を上げる。

「ごめんね九条さん、また変なテンションになっちゃって……」

「あ、えっと……」

急にしおらしい態度で謝罪され、アリサもなんだか気まずくなってしまう。まるで、盛り上がっていたところに冷や水をぶっかけてしまったかのような……奇妙な罪悪感に襲われ、アリサは少しだけ妥協しようかと考えた。

「その、もう少しだけテンションを抑えてもらえれば別に……」

「うん、ごめんね？　ちょっと身内の盛り上がり方に走り過ぎたよね」

「み、身内の盛り上がり方？」

やはり、手芸部の〝部〟は部族の〝部〟なのか……などと考えていると、女生徒は神妙な顔で言う。

「もっと、九条さんもノリやすい声援を送るね？」

「え？」

ノリやすい？　声援？　頭の中にクエスチョンマークを飛び交わさせるアリサの前で、手芸部員たちは一斉に口の横に手を添えると――

「いよっ！　リアル二次元ボディ！」

「デカい！」

「スタイルの神！」

「腰に見えないコルセット着けてんのかい!?」

「高い！　お尻が高いよぉ！」

「一人脂肪の格差社会！」

「くびれに女神が宿ってるぅ！」

「世界よこれがふとももだ!!」

「どうしてその腰でその胸を支えられるんだい!?」

「天井と床が立派で柱が頼りない！　これな～んだ！」

「「「「九条アリサさんです!!」」」」

「お願いだからやめてぇ!!」

これまた激しく身内ネタっぽい独特な声援を送られ、狭い部屋にアリサの悲痛な叫びが響いた。

……その後、諦めの境地でいくつかポージングをした後、アリサはエルフ衣装に着替えさせられた。その過程で手芸部員が何人か召されていたが……恐らく問題はないものと信じる。

7巻特典SS

メイドは見てしまった

試験勉強を理由に、政近《まさちか》がアニメの一気見を断った後。綾乃《あやの》は有希《ゆき》の部屋で、有希に薦められた漫画を黙々と読んでいた。

「……」

ページをめくりながら、ベッドの上で漫画を読む主人《有希》の表情をチラリと窺《うかが》う。

静かに漫画の世界へ没頭するその横顔からは、我慢をしているだとか不満を抱えているだとかといった様子は感じ取れない。それに少し安心して、綾乃は手元の漫画へと視線を戻した。

綾乃は、基本的に漫画やアニメを自分から見ようとはしない。別に嫌いなわけではないが、綾乃には常にそれらよりも優先度が高いものが存在している。

だが……今その最優先存在は、綾乃に漫画を読むことを求めている。否、漫画を読んで、その感想を語ることを求めているのだ。であるならば、今の綾乃にとっては漫画を読むことこそが最優先事項。有希との話についていけるよう、注意深くじっくりと漫画を読み込む。

そうして、綾乃が三巻目を読み終え、そろそろ政近にコーヒーのおかわりを持って行こうかと考えたところで、室内にノックの音が響いた。

「は〜い？」

『先風呂入っていい？』

「どうぞ〜」

ベッドから頭だけ上げた有希がそう答えると、ドアの向こうで足音が遠ざかり、有希は再び頭を下ろす。そのまま漫画を読むのを再開したので、綾乃も四巻目を手に取る。が、その十数分後。

「よし」

有希は唐突に漫画を置くと、ベッドの上で立ち上がった。そして、窺うように見上げる綾乃に、グッとサムズアップをして言う。

「んじゃ、あたしもちょっくら行ってくるわ」

「は……い？」

どこへ？　という疑問は、有希が着替えを用意し始めたことで解消された。だが、お風呂場ではまだ政近が入浴中だ。

（まだ、早いのではないでしょうか？　いえ、あたし〝も〟ということは……？）

まさか、と有希を見れば、有希はどこか勝ち誇るように悪戯《いたずら》っぽく笑う。

「勉強の邪魔をしないとは言ったが、お風呂に邪魔しないとは言ってない」

「そ、うですね？」

「んじゃ、いってきや〜っす」

「ごゆっくり……？」

楽しそうに出て行く主人を頭を下げて見送り、綾乃はしばし呆然《ぼうぜん》とする。そうして、何気なく本棚の方へと目を向け……その右下隅の辺りで、視線が止まった。

「……」

黒っぽい背表紙が並ぶ、その一角。

綾乃は知っていた。それらが十八禁でこそないものの、性的描写がガッツリ入った女性向けレーベルの本であることを。そしてその中に……綾乃は、どうしようもなく興味を惹《ひ》かれるタイトルがあった。

「……」

誰もいないと知りつつ、室内を見回す。ついでに部屋の外の気配も窺ってから、綾乃はいつも以上に音を立てないよう、素早く本棚の前に移動した。そして、再度周囲を窺ってから、そっと目当ての本を引き出す。

その表紙には、荒々しい雰囲気をまとった美丈夫に背後から乱暴に抱きすくめられているメイドのイラストと共に、『没落メイドは冷酷な主に奪われる　〜復讐《ふくしゅう》は甘い快楽と共に〜』というタイトルが躍っていた。

「……」

綾乃、三度キョロキョロ。そして、悩む。

（有希様にはあの漫画を読むようにと……これは命令違反……でも……）

もう、手に取るところまではやってしまったのだ。少しくらい、そう少しくらい、中身を見たところで今更変わらないのではないか？

そう自分に言い訳をして、綾乃はそぉっと表紙をめくり……両手を縛られ、あられもない姿で組み伏せられているメイドのイラストが目に飛び込んできて、ギュインとのけ反った。そのまま勢い余って、カーペットの上にポテンと尻もちをつく。

「〜〜〜！　〜〜〜〜〜！」

上半身を倒れるギリギリまでのけ反らせ、両腕をピィンと伸ばして、足をパタパタ。でも、顔を逸《そ》らしながらも視線はバッチリとイラストに固定したまま。そのまま十秒ほど無音で身悶《みもだ》えしてから、綾乃はゆるゆると体勢を戻した。そして、本棚の前にちょこなんと座り込んだまま、ゆっくりとページをめくる。

「……」

伯爵家の一人娘として蝶《ちょう》よ花《はな》よと育てられた主人公は、わがまま放題やりたい放題の生活を送っていた。しかしそんな生活は、父である伯爵が謀反の疑いを掛けられたことで終わりを告げる。無実を訴える声も虚《むな》しく父は処刑され、家は取り潰し。主人公は奴隷に落とされ、王都でオークションに掛けられる。そんな彼女を破格の値段で買い取ったのは、一代で莫大《ばくだい》な富を築いた豪商。だがその正体は、かつて主人公が気まぐれに解雇した使用人だった。カリスマ溢《あふ》れる美丈夫と化していたかつての使用人は、昔の屈辱を晴らすかのように、メイド服を着させた主人公を寝室へ呼び、メイド教育と称して――

『綾乃！　ちょっと来てくれ！』

「⁉」

部屋の外から聞こえてきた危機感に満ちた声に、綾乃は飛び上がった。瞬時に手に持っていた本をパシーンと閉じると、後ろめたさを振り切るようにダッシュ。

そして洗面所の扉に手を掛けたところで、本を持って来てしまったことに気付き、それをメイド服のポケットに素早くしまった。

「お呼びです――有希様⁉　一体何が⁉」

「いや、だからただのぼせただ――」

「綾乃！　救急車だ！」

「っ、はい！」

「いや落ち着け～い」

それから、綾乃は政近と協力して有希を看病し、周防《すおう》家の車で整形外科に連れて行き、予定を早めて周防家に帰宅した。

「それでは、何かございましたらお呼びください」

「うん……何もないと思うけどね」

なんだかぐったりした様子の有希に一礼すると、綾乃は周防家の邸宅内に与えられた自

室へと戻る。そして、ふぅっと息を吐き……ポケットから取り出した本に目を落とした。

表紙のメイドがアハ〜ン。

「……」

……いや、泥棒じゃない。断じて泥棒じゃない。ただ、バタバタしてて返すタイミングというかチャンスがなかっただけで。

それでも本来ならば、主人に全て正直に話して本を返すべきだろう。だが……だが、である。

(今お返ししても、有希様も困ってしまわれるのではないでしょうか？)

周防家内ではオタクであることを隠している有希のこと、こんな危険物を手元には置いておきたくないはず。であるならば、これはやはり自分が責任を持って保管しておくべきだろう。そうだ、そうに違いない。これは忠義。断じて私欲ではないッッ!!

(……今度、タイミングを見計らって戻しておきましょう)

そうやって自分の罪悪感に蓋をすると、綾乃は手元の本にブックカバーをし、引き出しの奥の方にしまい……しまい…………

「……」

キョロキョロ、ペラッ、ふむー！　パタパタ、〜〜〜!!

この日、綾乃は主人には言えない秘密が出来た。

Иногда Аля внезапно кокетничает по-русски

7巻特典SS

女首領、出馬と同時に蹂躙す

『それでは特別プログラム、〝出馬戦〟スタートです！』

その宣言に従い、円を描くように配置された五つの騎馬が睨《にら》み合う……ことは、特になかった。

なぜなら、開始の宣言と同時に、ひとつの騎馬がグラウンド中央へと進み出たから。

自ら他の騎馬に包囲されるという愚行に走ったその一騎に、他四騎を含む全校生徒の視線が集中する。

「あれは、剣崎《けんざき》くんの……」

次期会長選最有力候補と言われている泰貴《たいき》は、こちらに堂々と背を向けたまま前に出た、その騎馬を見て呟《つぶや》く。

この数カ月で肉体改造を行い、見違えるほどに逞《たくま》しくなった同じ生徒会の男子。その後ろに付き従う、眼鏡の女子と金髪縦ロールの女子。否《いな》、彼女らが真に付き従っている相手は……その上に座す、一人の少女なのだろう。

「更科《さらしな》茅咲《ちさき》さん……まさか、彼女を本当に引っ張り出すとは……」

三人の上で腕を組み、傲然と胸を反らす美少女《覇王》を見て、泰貴は唸《うな》る。

更科茅咲、その異名は征嶺学園《せいれいがくえん》の女首領《ドンナ》。三年前、中等部からいじめというものを根絶し、学園の品位を一人で引き上げたと言われる女傑。風紀委員会の生きる伝説であり、一方で生徒会には欠片《かけら》も興味がないと言われていた人物。

その彼女を、統也《とうや》が選挙戦のパートナーとして欲していると聞いた時には、流石の泰貴も無謀が過ぎると失笑してしまったものだが……まさか、半年掛けて本当に口説き落とすとは。

泰貴が警戒心たっぷりに見つめる先で、茅咲が組んでいた腕を解き、スッと両手を広げた。そして、
パァン!!

茅咲が両手を打ち合わせた途端、凄《すさ》まじい破裂音が校庭に響き渡る。誰もが息を呑《の》み、目を見張る中……茅咲は周囲の騎馬をぐるりと見回すと、くいっと手招きをして言った。

「ほら、選びなよ……無様に逃げ惑って醜態晒《さら》すか、潔く散るか」

その言葉が、静寂に包まれた校庭に浸透し……ワッと歓声が上がる。美しい少女が放った傲岸不遜極まる挑発に、観客は物凄《ものすご》い盛り上がりを見せた。その熱気に、泰貴は笑みを引き攣《つ》らせる。

「……参りましたね、これは」

この出馬戦は、選挙戦出馬者が支持者を増やすための余興だ。結果的に負けたとしても、

観客を魅了するような戦いが出来れば成功。そういう意味で、茅咲の振る舞いは百点満点だった。

おかげで、今やこの騎馬戦の主役は間違いなく彼らだ。泰貴を含む他の四騎は、彼らに挑む敵役ＡＢＣＤでしかない。この空気の中で、彼らに挑まないなんて選択は非現実的。泰貴たちに出来るのは、彼らを倒して主役の座を奪うか、やられ役の道化に成り下がるか。そのどちらかだ。

（だからと言って、好感度を考えれば全員で掛かるなんて真似《まね》は出来ないっていうのがなんとも……）

どこまで計算してのことなのかは分からないが、実にいやらしく効果的な一手だった。

だが……まだ、ひっくり返せないわけではない。あれだけ大見得《おおみえ》を切ったのだ。彼らだって、観客の期待という大きなリスクを背負っている。これで早々に敗退してしまえば、彼らには期待された分だけの失望が降りかかることになるだろう。

「霧香《きりか》」

頭上のパートナーに呼び掛けると、阿吽《あうん》の呼吸で返事が来る。

「うん。行くしかない、よね」

「ええ、主役の座を奪いに行きましょう」

そして、泰貴たちは動き出そうとした。が、一歩遅かった。

「「「「うおぉぉぉぉ────!!」」」」

空気を震わす、気合に満ちた四人分の雄叫《おたけ》び。

見れば、統也や茅咲の正面にいた騎馬が、猛然とチャージを開始していた。

「っ、先を越されましたか」

不遜な一年生たちを粉砕せんと迫るのは、騎手含め四人全員がラグビー部という超重量級の騎馬。下馬評では、今回の出馬戦で大本命とされていた四人組だった。

『おおぉぉ――――！　加賀美《かがみ》選手、猛烈なチャージ！　こ、これは、タックルにしてもちょっとやり過ぎでは⁉』

実況が焦るのも無理はない。何しろ、相手は四人中三人が女子なのだ。体格差から受ける印象は、さながら軽自動車に突っ込むダンプカー。あれでは、仮に茅咲が速攻でハチマキを奪ったとしても、タックルの衝撃による落馬は避けられないだろう。

(正面衝突した時点で良くて相打ち。なんとか避けて側面に回り込まないと――――)

そんな、泰貴の考えを嘲笑《あざわら》うかのように。統也たちはその場を動かず、突っ込んでくる騎馬を真っ向から迎え撃った。

突進に合わせてグワァッと身を乗り出した騎手の腕が、茅咲のハチマキへと迫り――――その手首を、茅咲がガッと掴《つか》んだ。瞬間。

「「「「⁉」」」」

相手の騎馬が、衝突寸前で動きを止めた。それどころか、二、三歩よろけるようにして後退《あとずさ》る。

「う、おぉお⁉」

「ちょっ、なにこれなにこれ！」

「な、なにがっ」

「重っ、加賀美重いぃい」

なぜか、身を乗り出した体勢で固まる騎手。その騎手の体重が突如数倍になったかのように、腕をピンと伸ばしプルプルと膝を震わす騎馬三人。

「……え？　なにあれ関節技？　どこも極《き》まってないように見えるけど……」

霧香《きりか》の疑問に、答えられる者などいない。誰もが呆然《ぼうぜん》と見守る中、茅咲が摑んだ相手の手首にグッと力を込め、次の瞬間。

「ぬぉおぉぉ⁉」

「重い！　重いってぇぇ⁉」

「もう無理ぃい！」

「これのどこが騎馬戦だぁぁ！」

相手の騎馬は四人それぞれに悲鳴を上げ、重みに耐えかねたかのように潰れた。

『お、おぉ⁉　加賀美選手落馬！　何が起きたんだぁ⁉』

実況も混乱する中、茅咲は残った三つの騎馬に視線を向けると、再度くいっと手招き。

その分かりやすい意思表示に、泰貴は頬を引き攣らせて他の二騎に視線を送った。

事ここに至っては、卑怯《ひきょう》だとか言っていられない。あんな訳も分からない潰され方をするくらいなら、全員で決戦を挑んだ方がマシだった。それは誰もが同じ思いだったのか、泰貴たちが前に出ると他の騎馬も歩調を合わせて前に出る。

「行きますよ、霧香」

「……優しく落としてくれるといいなぁ」

正直にぼやくパートナーに苦笑し、泰貴は駆け出した。そして——潔く散った。

◇

「ところでお姉様、どうしてあのような挑発を？」

「え、だって早くお昼ご飯食べたかったし」

Иногда Аля внезапно кокетничает по-русски

7巻特典SS

バニー・パニック!!

「それじゃあ、衣装に関しては全面協力していただけるってことですね？」

十月某日。マリヤは体育祭実行委員会の手伝いで、手芸部へ仮装競走の相談に来ていた。

「ええ、もちろんです。着付けの方も手伝わせていただきます」

「それは助かります～」

普段の生徒会でのふわふわとした雰囲気は引っ込めて、落ち着いた笑顔で真面目に職務を全うするマリヤ。と、そこでそれまで真面目に話していた手芸部部長が、キラリと目を光らせた。

「そこで、ですね……ひとつ、九条《くじょう》さんに手伝っていただきたいことがあるのですが、お時間大丈夫でしょうか？」

「え？　はい、なんでしょう？」

「我が手芸部には、男性用と女性用、どちらも百を超す衣装があります。その中から、仮装競走に適した衣装を見繕ってもらいたいのです」

「えっと、それは……」

少し考えてから、マリヤは内緒話をするように口の横に手を立てて尋ねる。

「その、露出度的な意味で、ですか……？」

「それもあるのですが、着替えやすさ……の方が主ですね。そもそも、我々部内の人間にはすぐに分かっても、部外の人には着替え方すら分からないなんて場合もあるでしょうし。ぱっと見で着替え方が分かるか。分かったとして、着替えにどの程度の時間が掛かるか。こればっかりは、部外の人に試してもらわないことには分かりませんから」

「なるほど……」

部長の説明に、マリヤは納得する。そして、頭の中で一旦スケジュールを確認してから頷《うなず》いた。

「分かりました。四十分くらいでよければ」

「本当ですか？　助かります」

そう言って笑う、部長の背後で。

聞き耳を立てていた手芸部員たちが、無音で一斉にガッツポーズをした。

◇

「はいっ、タイムは？」

「五分十七秒です」

「あ～やっぱり長過ぎるね～手伝いを付けたとしてもこれはちょっと……」

「ですね。実際にはここに体操服脱ぐ時間もいるわけですし」

「じゃあ、惜しいですけどこれは不採用で……あ、九条さんそれ脱いでもらえますか？」

「は～い」

「それじゃあ次はこちらの……」

粛々と、表向きは大真面目に衣装の選定を行う手芸部の面々。だがしかし、その内面は、全員およそ平静とは程遠かった。こうしている間にも、衣装を脱いで下着姿になったマリヤを横目でギンギンに注視している部員が多数。彼女達の内心は、大体ひとつの感想に集約されていた。

（（（こ、これは……スタイルの魔女や……）））

この手芸部では、アリサのことを敬意を込めてスタイルの神と称している。あの出るところは出て引っ込んでいるところは引っ込んでいる、完璧なプロポーション。あれこそ神と称するに相応《ふさわ》しいと、誰からともなくそう呼び始めた。

だが……その姉たる、マリヤはというと。

「「……っ」」

どこからともなく、生唾を呑む音が聞こえる。

同性であっても、思わずそんな反応をしてしまうだけの圧巻のプロポーション。どこまでも優しげな聖母のような美貌に反して、その肢体は男を狂わせる魔性に満ち満ちていた。

着替えの度に揺れ弾み、凶悪な存在感を放つバストとヒップ。優美な曲線を描くウエストライン。どこを触っても柔らかそうなのに、たるんでいるといった印象は一切抱かせない。その全身から匂い立つ魔性が、密室と化した部室で手芸部員たちの理性をゴリゴリと削っていた。

「すみませ〜ん、ちょっと後ろ閉めてもらえます？」

「あ、はい」

マリヤに頼まれ、近くにいた手芸部員がビクッとしてから慌てて近寄ると、その体に触れないよう慎重にファスナーを閉める。

本来は、もっとガンガン着替えを手伝って、最速の場合のタイムも計測する予定だった。だが、出来なかった。なぜなら……この場の誰もが、マリヤの体に触れた途端、理性が飛ぶと確信していたから。そして、誰か一人でも理性が飛べば……その瞬間全員が獣と化し、マリヤに襲い掛かるという予感があったから。

（なんという魔性……これぞ傾国の美女。スタイルの魔女……）

アリサに負けず劣らずの絶世の美少女に衣装を着てもらっているというのに、この場に熱狂はない。室内を包むいっそ不自然なほどの静寂が、逆にこの場の異様さを表していた。

そんな雰囲気に、気付いているのかいないのか。

「あの、すみません。そろそろ……」

時計を確認したマリヤがそう声を上げ、部室内にピリッとした空気が流れた。そして、部員達が一斉にアイコンタクトで意思疎通を図る。

『ど、どうしましょう。なんだか日和《ひよ》って無難な衣装ばかり着させてしまいましたが……』

『こんなモデル、これから先現れるかどうか……なら、いっそのこともっと大胆な──』

『お待ちください！　わたくし、これ以上は理性を保てる自信がありません！』

それは言うなれば、欲望のチキンレース。日和れば何も得られず、踏み込み過ぎれば理性消失からの社会的な死。誰が踏み込むのか、どこまで踏み込むのか。互いを窺《うかが》い合う部員達の中で……部長が、一歩を踏み出した。

「九条さん、最後に一着、試してもらっていいですか？」

「え、っと……分かりました。あと一着だけなら」

「ありがとうございます。ではこちらへ」

そう言うと、部長はマリヤを部室に隣接した物置へと誘《いざな》う。二人が扉の向こうに消えた後、少ししてからマリヤの「え、これ？」とか「これ、下着脱がないといけないんじゃ……」とかいう、危機感をビンビンに刺激される声が漏れ聞こえ……部長が、戻って来る。そして、部員達を見回し、厳かな表情で言った。

「各々……衝撃に、備えよ」

「「「!?」」」

室内に、ピシィィッと緊張感が走る。そして、ある者は座禅を組み、ある者は素数を数え、ある者は般若心経《はんにゃしんぎょう》を唱えある者はスマホでお気に入りのＢＬ漫画を読んで脳内を腐に染め……全員がそれぞれの方法でメンタルを調えた頃、隣室へと繋《つな》がる扉が遠慮がちに開いた。

手芸部員一同が凪《なぎ》の心で、妙に細目で見守る中……少しだけ開いた扉の隙間から、白いウサミミがぴょこっと飛び出した。それに続いて、いろいろとはみ出し過ぎているバニーさんが、手で体を隠しながらおずおずと顔を出す。

「あ、あのぉ～……これ、いろいろと無理があると思うん、ですけど……」

そう言って、照れ笑いを浮かべるマリヤを見て。手芸部員全員の頭の中で、一斉に理性が砕け散る音がした。

そして、獣と化した手芸部員たちが、マリヤに襲い掛かる、直前。

コンコン

ノックの音。に続いて、

『あれ、閉まって……あ～、あ～、手芸部に告ぐ。諸君は既に包囲されている。大人しく人質を解放しなさい。こっちには鍵があるんだぞ～』

『いや、立てこもり事件か』

聞こえてきた二つの声に、一部の手芸部員はすんでのところで理性を取り戻した。が、一部の手芸部員は止まらず……

「え、きゃあっ！」

『！　突入！』

マリヤの悲鳴に、依礼奈《えれな》の号令が被《かぶ》さる。

そうして、手芸部内に踏み込んだ依礼奈と政近《まさちか》が見たのは……

「ガルルルゥ……グァウッ！」

「ストップ！　ストォオップ！　イエススタイル！　ノォタァッチ！」

獣と化し、マリヤに襲い掛かろうとする手芸部員。それを必死に食い止める、これまた手芸部員。その、ギリギリで踏《ふ》み止《とど》まった手芸部員の一人が、政近を見て叫んだ。

「久世《くぜ》氏急いで！　わたし達も、もう、長くはもたない！」

その危機感に満ちた声に、依礼奈が動く。

「久世くんはマリヤちゃんの確保！　とりあえず物置に避難して！」

「っ、はい！」

その指示に従い、政近はマリヤの下へと駆け寄ると、その肩を抱きかかえるようにして物置へと駆け込んだ。

「エレナ先輩も、早く！」

その身を盾に避難経路を確保した先輩に、政近は呼び掛ける。が、依礼奈は肩越しにフッと笑うと、後ろ手に物置の扉を閉めた。

「!?　なんで……！」

『もう、止まらないよ……この子たちは。誰かが、ここで食い止めないと』

「っ、そんな！」

『久世くん！　マリヤちゃんを……しっかり護《まも》りなよ』

「エレナ先輩！　エレナせんぱぁーい！」

政近の呼び掛けに、依礼奈はもう答えず。扉の向こうからは、完全に理性を失った手芸部員たちの唸《うな》り声《ごえ》だけが聞こえていた。

「まさか……スリッパも、もう……」

政近が愕然《がくぜん》と呟《つぶや》いた直後、依礼奈の覚悟を決めた力強い声が聞こえてくる。

『フッ……いいよ、来なよ。あたしはそう簡単には……あっ、やだ、い、いやぁぁあぁあぁあ────!!』

「エレナせんぱぁ───い!!」

扉がバンッ、バンッ、と揺れ、依礼奈の必死の抵抗を伝えてくる。だが、依礼奈の声が掠《かす》れ、途切れると共に、扉の揺れもゆっくりと収まり……政近は、閉ざされた扉の前でガックリと項垂《うなだ》れた。

「なんで、こんなことに……」

床の上でギリリッと拳を握り締め、血を吐くようにそう言うと、横から肩を叩《たた》かれる。

それに、のそりと顔を上げ──デッッカ。

致命的なところ以外は申し訳程度にしか隠せていないお胸。鼠径部《そけいぶ》まで剝《む》き出しになっているふともも。とんでもねぇバニーさんがそこにはいた。

「そらこうなるわな」

そう言って、「しーっ」とするマリヤに、政近は真顔で言った。

【みんなには内緒、ね？】

いを浮かべながら唇の前に人差し指を立てる。

思考停止状態に陥った政近の視線を受け、マリヤは恥ずかしげに身を揺すると、照れ笑

「ん、もぉ〜う」

「……」

◇

その後、駆け付けた茅咲《ちさき》の手によって、手芸部は無事鎮圧された。

安全が確認され、政近が物置を出ると、そこには死屍《しし》累々と転がる手芸部員。それと

なぜかビキニアーマーを着せられ、女の子座りで泣きべそをかく依礼奈の姿があった。

「うぅ、もう、お嫁にいけない……」

……

政近は無言で目を逸《そ》らした。

フェア特典SS

アニメイド店員はリア充オタクの夢を見る

　俺の名前は佐藤太郎。厳しいリアルを生きるオタク達のオアシス、このアニメイドで働くしがないバイト店員だ。

　典型的な陰キャオタクとして暗黒の高校時代を過ごした俺は、大学に入ってから一念発起。我が愛するオタク趣味に理解のある、素敵なオタク美少女と出会うために。日夜、このアニメイドでアルバイトに励んでいる。

（お、あの子は……）

　その時ちょうど、何度か見掛けたことのある眼鏡女子が店を訪れた。パッと見の印象は、とにかく真面目そうなクール系美少女。まさに、典型的な委員長タイプといった感じだ。

（う……っ）

　危ない。一瞬、高校時代にちょっとエッチなラノベをクラス委員の女子に没収され、ゴミを見るような目で見られた時のトラウマが蘇《よみがえ》り掛けた。

　だが、大丈夫。彼女もこの店に通っている以上、オタク《同志》のはずだ。ちょうど、目当ての本が見付からずに困っている様子。今こそ、一歩を踏み出す時だ。この出会いで、かつてのトラウマを乗り越えるのだ！

（よし、行くぞ！）

俺は覚悟を決めると、運命の出会いイベントに向けて足を踏み出した。

「あの――」

「さやっち〜これじゃない？　探してたの」

「あ、ののちゃん。ありがとう、どこにあったの？」

「〜〜⁉」

踏み出して、すぐ。本棚の向こうからひょいっと顔を出した金髪ギャルに、俺は反射的に回れ右をしていた。いや、だってこれは仕方がない。陰キャオタクはギャルには勝てないのだ。それはもう、炎タイプが水タイプに勝てないのと同じくらい、属性の相性の問題なのだから仕方がない。ちょっとビックリするくらいの美少女だけど、あれに声を掛けるのは俺にはハードルが高過ぎる。

二次元にはオタクに優しいギャルというものが存在するが、優しくされたところでギャルと仲良く出来るだけのコミュ力がないのがオタクという生き物だ。あんな美少女ギャルと仲良く出来るオタクがいるとしたら、それはいわゆるリア充オタクというやつだろう。我々陰キャオタクからすれば、下手な陽キャよりもよっぽど敵だ。滅せよ。

（ふっ、まあいい……今回は、たまたま縁がなかっただけさ）

そう自分に言い聞かせ、足早にその場から離れると、俺は素知らぬ顔で本棚の整理に戻るのだった。

◇

「すみませ～ん」

「あ、はい」

眼鏡女子とギャルが店を出て行ってから、約二時間後。俺は呼び掛けに応えて顔を上げ、思わず顔をほころばせた。そこにいたのは、天真爛漫《てんしんらんまん》な笑みを浮かべる小さな女の子。この店の常連であり、俺のような陰キャにも笑顔を向けてくれる天使だ。

「『レンタル彼女のサブスク、始めました』の、四巻ってありますか？」

「あぁ、レンスクね。ちょっと待っててくださいね」

パソコンで在庫を調べると、どうやら本棚への補充が間に合っていなかっただけらしい。本棚下の引き出しから在庫を取り出すと、天使ちゃんに差し出す。

「はい、こちらですね」

「ありがとうございます！」

明るい笑みを浮かべ、お礼を言ってくれる天使ちゃん。かんわいぃ～～天使ちゃんマジ天使。だがいくら可愛くても、流石にこの子にアプローチを掛けるわけにはいかない。だって、外見からして中一か中二くらいだし。高校生はともかく、中学生は完全にアウトだろう。

「って、あれ？」

ふと天使ちゃんの買い物かごを見て、既に同じものが入っていることに気付いた俺は、思わず首を傾げた。「もしかして保存用か……？」と考える俺に、視線に気付いた天使ちゃんがちょっと恥ずかしそうに笑う。

「あ、これはお兄ちゃんの分なんです」

「ああいえ、すみません」

疑問を声に出してしまったことを謝罪すると、天使ちゃんは「いえ、気にしないでください」と笑顔で言って、もう一度お礼を言うとレジに向かった。ホントいい子だなぁ……ずっとそのままでいてね？

（にしても、お兄ちゃんか……オタク趣味に理解のある、あんな可愛い妹がいるとは羨ましい）

心からそう思う。俺もあんな妹が欲しい。どこのどいつだ、あんな天使を妹に持つリア充オタクは。

顔も知らぬ天使ちゃんの兄に怨念を飛ばしつつ、俺は仕事に戻った。

◇

に打たれたような衝撃を受けた。
天使ちゃんがお帰りあそばしてから、約一時間後。店を訪れた一人の女性客に、俺は雷
（え、な、なに？　そこら辺の漫画から、次元を超えて飛び出してきた……⁉）
思わずそんな考えが浮かんでしまうくらい、その少女は現実離れした美しさを持ってい
た。銀髪青目の神秘的な美貌に、出るところは出て引っ込んでるところは引っ込んでる抜
群のスタイル。まさに、世のオタクが夢見る異世界ファンタジーのヒロインのような容姿
だった。年齢は……俺と同じか、ちょっと下くらいか？
（そうか、運命はここにあったのか）
恐らく、彼女は日本のオタク文化を愛する外国人旅行者といったところだろう。明らか
に不慣れな様子で店内を見回している姿からも、なんとなくそのことが分かる。
夢見続けた異国の地、憧れのアニメイドで助けを求める、外国人美少女。彼女は優しい
店員さんに声を掛けられ、日本の文化の素晴らしさに触れ、やがて親切な店員さんに対す
る信頼は恋愛感情へと変わり――
（そう、俺は彼女と出会うために、アニメイドでバイトを始めたんだ）
己の運命を悟り、俺は我がヒロインに向かって足を踏み出した。そして、高鳴る鼓動を
抑えながら、全力の英語で話し掛ける。
「メイアイヘルプユー？」
「いいえ、大丈夫です。お構いなく」

めっっっちゃ日本語しゃべれて草。

「あ、そ、ですか……」

高揚感は一瞬で消え去り、下っ手くそな英語で話し掛けてしまった羞恥だけが残る。

しかし、ここで挫《くじ》けてはいけない。俺のラブコメは、まだまだこれからだ！

「もし何かお探しのようでしたら、お手伝いしますが……？」

心を奮い立たせ、遠慮がちに声を掛けると、銀髪美少女はチラリとこちらを見て少し困った顔をした。そして数秒悩んだ後、ぼそぼそと言う。

「それが……タイトルが分からなくて、表紙しか……」

「……？」

それはどういうことかと、首を傾げ……彼女が少し頬を染めながら髪をいじっているのを見て、ピンと来た。これは……あれだ。彼氏や気になる男子が読んでた作品を、自分も読んでみようとする乙女の顔だ。

（なるほど。彼女はどうやら、俺の運命の相手ではなかったらしい）

彼女の物語のヒーローは、どこぞのクッソリア充オタク君なのだろう。俺はモブ。絵すら用意されないただのモブだ。だが……

「大丈夫です。表紙のイメージを教えてもらえれば、僕が必ず見付けてみせます」

モブでも、少しくらいヒロインの恋路を手伝うことは出来るのだ。そしていつか、こんなモブの俺にも素敵なヒロインが……現れるといいなぁ。とりあえず、この子の意中のリア充オタクは呪っておこう。うん。

◇

「次の方どうぞ～」

銀髪美少女にモブの本気を見せてから約一時間後、レジ担当をしていた俺の前に、男子高校生らしき一人の少年がやって来た。容姿自体に、取り立てて特徴はない。どこにでもいそうな平凡な少年だ。

だが……その少年がレジに置いたラノベを見て、俺は内心驚愕《きょうがく》した。

（こ、こいつ、こんなきわどい表紙のラノベを、一冊だけ……!?）

表紙に描かれる、傲慢な笑みを浮かべた男主人公と、それに腰を抱かれる半裸の美少女二人。ちょっと過激な異世界ファンタジー作品で結構人気はあるのだが、その表紙は俺でも人に見られるのは躊躇《ちゅうちょ》するエロさ。俺だったら、レジに持って行く時には別の本で挟んでカモフラージュする。

（それをこいつは、単品で……!?　つ、強い……!!）

密《ひそ》かに戦慄しながらも、俺は心のどこかで共感を覚えていた。この堂々とした振る舞いからして、この少年はリアルを捨てて二次元に生きる男なのだろう。つまり……かつての俺と、同類だ。

「ポイントカードのご用意、ありがとうございます」

少年からポイントカードを受け取り、裏に名前が書いてあることを確認する。

(久世《くぜ》、政近《まさちか》……か。フッ、君もいつか、俺のようになるのかな……)

そんな妙な感慨のようなものを覚えながら、俺は少年を見送った。二次元に生きる同志に、どうか幸あれと願って。

フェア特典SS

アーリャ、初めてのワードウルフ

「ワードウルフ？」

「ん～？　アリッサ知らない？」

学園祭に向けたバンド練習の休憩中。政近《まさちか》の提案で、政近、アリサ、沙也加《さやか》、乃々亜《ののあ》、毅《たけし》、光瑠《ひかる》の六人は、親睦を深めるためのレクリエーションとして、ワードウルフをやることになった。しかし、アリサはワードウルフを知らないらしく、政近が説明をする。

「一人ずつお題が配られて、全員でそのことに関して話し合うんだ。で、実は一人だけ違うお題が配られている人がいるから、話し合いの中でその人が誰かを見抜くっていうゲーム。逆に違うお題を配られた人は、上手《うま》く周りの人に話を合わせて自分が違うお題だってバレないようにする。話し合いの後で、誰に違うお題が配られたと思うか全員で投票して、見事正解できれば多数派の五人の勝利。外せば、少数派の一人勝ち」

「ふぅ……ん？」

いまいち理解が追い付いていなそうなアリサに、政近は軽く笑って肩を竦《すく》める。

「ま、何回かやるから、やりながら覚えればいいよ」

「でも、お題はどうすんだ？　誰かがゲームマスターやらないといけないよな？」

「ああ、それは大丈夫」

毅の疑問に、政近はスマホを掲げてみせた。

「昨日面白いサイトを見付けてな。ここに参加する人数と少数派の人数を入れれば、自動的にお題を配ってくれるんだ」

「へ～、そりゃ便利だな」

「少数派は一人。話し合いの時間は……とりあえず三分でいいか」

特に異論が上がらないことを確認し、政近は決定ボタンをタップする。

「それじゃ、始めるぞ～」

そうして、まず自分用のお題を表示すると……そこに表れたのは、『35』という数字。

（うわっ、なんだこれ。かなり難しくないか？）

そう思いながらも表情には出さず、お題の表示を消すと隣のアリサへスマホを渡す。そうして全員が自分のお題を確認したところで、政近はスマホの開始ボタンをタップしながら宣言する。

「それじゃ、三分間話し合い開始！」

その瞬間、六人の間にピリッとした空気が流れ……真っ先に口を開いたのは、アリサだった。

「私は、この数字結構好きよ？」

いきなりお題を数字だと明言したアリサに、政近はぎょっとする。

（初手から攻め過ぎじゃね⁉　いや、これは初心者だからか……）

内心そう思いつつも、政近は表向き平静を装って頷《うなず》いた。

「そうなのか。俺は特に好きでもないけど……」

「わたしも、取り立てて好きではないですね」

「そぉ？　アタシは嫌いじゃないけど？」

「オレは、まあどっちかって言ったら好きかな？」

「ん～僕もそうかな……」

他の四人の反応を確認するが、政近の目には不審な点は見当たらない。

（全員、数字のお題ってのは共通と考えていいか……？　この時点で少数派が嘘吐いてたらお手上げだが……）

そんな風に分析していると、続いて毅が思い切った様子で口を開く。

「素数ではない、よな？」

慎重に周囲を窺《うかが》いながら出された質問に、他の五人は口々に賛同する。これも、政近の目には不審な点はなし。続いて、口を開いたのは乃々亜。

「ってかこの数字、ママの年齢と一緒だわ」

（⁉）

驚きの情報に、政近は思わず目を見開いてしまった。しかし、驚いたのは政近だけではないらしく。

「えっ、若い、ね？」

「……マジ？」

光瑠と毅の反応を見て、政近は二人が自分と同じ数字だと半分くらい確信した。

（ってことは俺は多数派？　少数派はアーリャか乃々亜か沙也加か……いや、沙也加は乃々亜の母親の年齢知ってる可能性が高いよな……ってなると乃々亜と沙也加は多数派確定として、少数派はアーリャ？　そう考えると……俺も多数派だって確定してもらった方がいいか）

幸い、政近から見て多数派確定の沙也加に、うまいこと伝えられる情報がある。考えをまとめ、政近は沙也加を見ながら言った。

「たしか、ソックス文庫も創刊してからそれくらいだったな」

政近の言うソックス文庫は、今年で創刊35周年を迎えるラノベレーベルである。つまり、今年は36年目であり、今の政近の発言はそのどちらとも取れるものだった。

（適度にぼかしているが、どうだ？　これで俺が少数派じゃないってことは伝わったんじゃないか？）

そう目で問い掛ける政近に対して……沙也加は、特に反応らしい反応は見せず。ただ、無言で眼鏡を押し上げ、サラッと言った。

「国宝に、この数字に関するものがありますよね」

沙也加の言葉に、全員が眉根を寄せる。五人がそれぞれに考え込む中、政近もまた考えた。

（国宝？　数字にまつわる………十二天像、とか？　いや、乃々亜の母親の年齢って考えると……あれ？　どっちにしろ『35』に関連する国宝とか……ないよな？　ん？　まさかこれ……）

やらかした？

政近がそう直感したところで、アリサが頷く。

「あるわね、京都に」

「ん？　あぁ～あれか。あるね、うん」

「え、あるっけ？」

「んん～？」

毅と乃々亜が首を傾げる中、されど沙也加は政近だけを真っ直ぐに見て言う。

「ところで、何かの広告で見たんですが……ソックス文庫？　は、たしか今年で35周年ではありませんでしたか？」

「え、あぁ……そんくらい、だったかも？」

とっさに誤魔化すが、チラッと周囲を見れば……既に疑いの視線に囲まれていた。

（あぁ～これ、完全にやらかしたっぽいな……）

結局、その後も疑いを晴らすことは出来ず。

「はい、じゃあ誰が少数派と思うか、一斉に指差して――って、そうなるよね～」

他の五人から一斉に指差され、政近は苦笑した。そうして結果を確認してみれば、案の定少数派は政近。多数派の勝利が確定し、政近を除く五人がハイタッチを交わす。

「あぁ～……やらかした」

ＭＶＰの沙也加を称賛する四人と、それにクールに対応する沙也加を眺めながら、政近は頭を掻《か》く。

（先走って動き過ぎたな……自分が多数派だって、もっとしっかり確信できるまでは、慎重に立ち回るべきだった）

反省する。反省する、が……今は、それ以上に言いたいことがある。

苦笑しながら、政近は心の中で思いっ切り叫んだ。

（いや乃々亜のお母さん33歳ってマジか!!）

フェア特典SS

男の夢

　ああ、これは夢だ。

　直感的に、政近《まさちか》はそう思った。目の前には、笑顔で食卓を囲む両親と妹。嘘のように幸せそうな家族団欒《だんらん》の風景。

（……ははっ）

　現実にはありえるはずもない光景に、政近は自嘲する。とっくに離婚している両親が、こうして食卓を共にしていることがまずありえないし、あの母親がこちらに笑みを向けているなんてもっとありえない。

（なんだこれ、酷《ひど》い夢だな）

　夢には、その人間の秘めたる欲望が表れると聞いたことがあるが、これはあまりにも酷い。

（俺が、本心では……こんなものを欲しているって？）

　そう皮肉っぽく笑う政近の前で、突然風景が切り替わる。それまでいたリビングから、自分の部屋に。気付けば服装は部屋着からパジャマになっており、腰掛けていた椅子はベッドになっていた。

しかし、夢から覚めたわけではない。それはすぐに分かった。なぜなら……ベッドに腰掛ける自分を見下ろすように、サキュバス姿のアリサが宙に浮いていたから。

「……」

いや、俺の夢よ。

政近は思わず真顔になってしまいながら、脳内でセルフツッコミをかました。これが自分の秘めたる欲望だなんて、さっきとは別の意味で認めたくない。そう思いながらも、なんかもういろいろとすごい格好をしたアリサをガン見してしまう政近。その視線の先で……アリサはチロリと舌を出してパチンとウィンクをすると、小首を傾げて悪戯《いたずら》っぽく囁いた。

「あなたの精気、吸っちゃうわよ♡」

いや、俺の夢よ!!

なんだこの、拗《こじ》らせキモオタ丸出しな夢は。しかも、よりにもよって出て来るサキュバスが実在の女友達の姿をしているとは。これが、漫画やアニメで見た架空のサキュバスならまだよかったのに。こんな、自分でもドン引きな気持ちの悪い妄想を、大事な友人をモデルにやるなんて……

（いや、その格好自体は大変素晴らしいんですけどね？）

惜しげもなく晒《さら》された、切れ込むような腰のくびれ。その上の大きな胸を包む黒い衣装は、真ん中がハート形に透けており、その深い谷間がうっすら見えている。ちょうど目の高さにある長くむっちりとした脚には黒いベルトが巻かれ、その張りと弾力をはっきりと伝えていた。そして何より……その美しい銀髪から突き出す黒い角と、腰の後ろでゆっくりと動く蝙蝠《こうもり》型の翼。目の前で妖しく動く、先端がハート形になったしっぽ。

「……」

なんだこれ最高かよ。やるじゃん俺。

(って！　いやいや本物のアーリャは『精気吸う』とか絶対言わねーし！)

思わず自画自賛してしまい、慌てて脳内で激しくツッコむ政近。その前で、不意にアリサはスッと視線を横に逸《そ》らすと、ロシア語でボソッと呟《つぶや》いた。

【〝精気〟って、なに……？】

(分かってねーのかよ！)

〝精気〟の部分だけたどたどしい日本語で言うアリサに、政近は思いっ切りツッコみそうになってグッと我慢する。どうせ夢なのでツッコんでもいいのだが、そのどこかリアルのアリサっぽいロシア語に、つい反射的にロシア語が分からない振りをしてしまったのだ。

(というか、これもしかして本物のアーリャ説あるか？)

ふと、そんな思考が脳裏を過《よぎ》る。もしかしたらこれは自分の妄想ではなく、本物のアリサが自分の夢に侵入してきたのではないかと。なぜならサキュバスと言えば夢魔。男に淫夢を見させて精気を吸う悪魔であるからして。

（な〜んだそうか、アーリャさんは本当はサキュバスだったんですね。道理で人間にしては美少女が過ぎると思った。ハハハ、あんな現実離れした美少女が、人間なわけないジャナイカ）

それだったら仕方ない。こんな夢を見てしまっても仕方がない。一瞬自己嫌悪で死にそうになったが、本物のアーリャさんならば何も問題はないのだよハ〜よかったよかった。な〜んて現実逃避する政近を特に気にした様子もなく、アリサは自分の右手に目を向ける。そして、手のひらをチラチラ見ながら、どこかぎこちない妖艶な笑みを浮かべた。

「ふふっ、怖がらないで？　大人しくしていたら……いっぱい、気持ちよくしてあげるから」

その、男の欲望をこれでもかと刺激する言葉に……政近は息を呑む。そして、思った。

（こ、こいつ、カンペ見てやがる！）

言っていることはサキュバスそのものなのに、手の中にちっちゃい紙がチラ見えしていて台無しだった。

【気持ちよくって……何すればいいの？】

（なんも分かってねーなオイ！）

ポンコツサキュバスなのか。ポンコツサキュバスなのか？

妖艶な笑みを浮かべたまま、困った様子で固まるアリサ。その反応がこれまた妙にリアルな感じがして、こちらも固まってしまう政近。見つめ合ったまま、しばし謎の時間。その空気に先に耐えられなくなったのは、アリサの方だった。

「えっと……」

ついっと視線を逸らしながら、なんだかとりあえず感あふれる様子で指を鳴らす。すると次の瞬間、政近はベッドでうつ伏せになっていた。……うつ伏せ？

「それじゃあ……気持ちよくするわよ？」

背後から聞こえるアリサの声。その言葉に、政近は反射的に体を固くしてしまう。すると、まるでそれをほぐすかのように、アリサがゆっくりと政近の背中をマッサージし始めた。

（……いや、気持ちよくするってそっちか～い。いや、知ってましたけどね？）

アリサの健全なマッサージを受けながら、政近は遠い目をする。残念だなんて思ってはいない。ないったらない。

（あぁ、でも、本当に気持ちい――）

そこで、政近はマッサージされている背中から、全身に向かって心地よい解放感が広がっていくのを感じた。その感覚に身を任せ、ゆっくりと目を閉じて――

「……」

政近は、自室のベッドの上で目を覚ました。そこには当然のごとく、アリサの姿など影も形もない。

「……ふぅ」

小さく息を吐き、政近はゴロンと寝返りを打ってうつ伏せになった。そして、枕にぎゅーっと顔を押し付けると、

「あ゛あ゛ぁぁぁ────!!」

物凄《ものすご》い自己嫌悪に満ちた叫びを放ち、ベッドの上で激しく身悶《みもだ》えるのだった。

新規SS

そうだ、猫カフェに行こう

「猫カフェ行きたい」

時は秋嶺祭を二週間後に控えた九月中旬。不意に上がったその声に、各々業務に勤《いそ》しんでいた生徒会役員は顔を上げた。

「副……依礼奈《えれな》先輩。なんですか急に」

ふらっとやって来たかと思えば、特に業務を手伝うでもなくソファでマリヤの紅茶を楽しんでいた前副会長の名良橋《ならはし》依礼奈。彼女の唐突な発言に、統也《とうや》が呆《あき》れた様子で問う。すると、依礼奈はティーカップをソーサーに戻し、もっともらしい表情でゆっくりと頷《うなず》く。

「日本人には、癒《いや》しが必要だと思うんです」

「はぁ……」

「日本人はみんな疲れてる！　今こそ癒しが、猫ちゃんが必要なんだよ!!」

「そこでなんで猫に繋《つな》がるのかが分からないんですが……吹奏楽部で何かありました？」

「聞いてくれる!?」

サイドテールをブンッとしならせながら振り向いた依礼奈に、統也は引き攣《つ》った愛想笑いで頷く。

「まあ、話くらいなら……」

「やった！　あのね！」

そうして始まった、依礼奈のお悩み相談というか愚痴。内容としては、どうやら依礼奈が可愛がっていた一年生の吹奏楽部員が、突然部活を辞めると言い出したらしい。

依礼奈に対する相槌《あいづち》は統也に任せつつも、優秀な生徒会役員は、各々業務を続けながらその会話に耳を傾ける。

「あ、更科《さらしな》先輩……先輩？」

「えっ、あ、はい！　……なんだっけ？」

もっとも、それで仕事になっているかどうかは個人差があるようだが。それはさておき、依礼奈の語りは続く。

「でね！　その後で別の後輩から聞いたの！　一身上の都合ぉ～とか思わせぶりなこと言ってたけど、本当は彼氏が出来たからだって！　彼氏との時間を確保するために部活辞めるんだって！」

そうまくしたててから、依礼奈はコミカルにうが～っと吠《ほ》える。

「ふざけんな～！　お前にとって吹奏楽部はその程度の存在だったのか～！　あんだけ可愛がってくれたこのエレナさんを捨てて、男を選ぶのか～！」

「それは依礼奈先輩が可愛がり過ぎてたって説もあるのでは……」

「あ〜あ〜エレナ先輩寂しいな〜猫ちゃんに癒されたいな〜」

統也のツッコミをサラッと無視し、依礼奈は天井を見上げ、足をパタパタさせながらぼやく。それに対し、アリサとマリヤが同時に首を傾げた。

「なんで、そこで猫に……？」

「それより先に、人に癒されたらいいんじゃ……」

困り笑顔で「同級生に相談するとか」と付け加えるマリヤに、依礼奈がパッと視線を下ろして食いつく。

「え？　マリヤちゃんがそのおっきいおっぱいで癒してくれるって？」

「菫《すみれ》、まだいるかな……」

「ちょっ茅咲《ちさき》ちゃっ、待っ、も、もぉ〜風紀委員会は勘弁してくださいよぉ〜」

「え、あたし自ら手を下した方がいいですか？」

「ごめんなさい」

ソファから滑り落ちるようにして、実に見事な土下座を決める依礼奈。だがしかし、そこでマリヤが驚きの発言をした。

「わたしは構わないですけど〜」

「え⁉」

「え、マーシャ⁉」

依礼奈がバッと顔を上げ、茅咲がぎょっとした様子で振り向く。政近《まさちか》やアリサも目を見開く中、マリヤは席を立って依礼奈の前で屈《かが》むと、膝立ちで軽くのけ反る依礼奈を正面から抱き締めた。

「は〜い、エレナ先輩。ぎゅぅぅ〜」

「おひょっ、ふぉう！　ふふょあ！」

自分で言ったくせに、体をガッチガチに強張《こわば》らせて奇声を発する依礼奈。そうして数秒間の抱擁の末、マリヤが腕を離す。

「癒されました？」

笑顔で尋ねるマリヤに、真っ赤な顔をした依礼奈はしぱしぱと瞬《まばた》きしながら言う。

「へ、へぁえ……すっごくいい匂いした」

「え、えぇ〜？　も〜う、匂いは恥ずかしいですよぉ」

上目遣いで恥じらうマリヤに依礼奈は目を見開き、突如立ち上がると、アリサに向かってガバッと頭を下げた。

「アリサちゃん！　お姉さんをわたしにください!!」

「何を言ってるんですか……」

「もしもし菫？　今日って地下室空いてる？　うん、セクハラ。現行犯」

「ちょっ地下室は！　地下室はやめてください地下室は！」

途端に茅咲の腕にすがりつく依礼奈。しかし、そこで扉がズバーンと開かれ、優雅に豪快に乗り込んでくる菫率いる四季姉妹。

「セクハラの現行犯はここですの⁉」

「ちょぉい本当に呼んだのぉ⁉」

「依礼奈先輩……なるほど」

「顔見ただけで納得されるのは複雑ぅ！」

悲鳴とも抗議ともつかない声を上げる依礼奈を、桔梗と柊が左右からガッシリ捕獲する。

これには依礼奈も大きな瞳をぱちくり。

「え、本当《ガチ》に連れて行くの？」

「叩《たた》けばいくらでも余罪が出てきそうですもの。これもいい機会ですわ」

「ヴィオちゃん……知ってる？　被害者が訴えない限り、罪にはならないんだよ？」

「反省の色なしということで。行きますわよ」

「いやぁ助けてぇ！　後輩達に取り囲まれて寄ってたかって責め立てられて足腰立たなくされるぅ！」

「本当に懲りないね貴女《あなた》は……」

「ここまで来ると立派というか……」

桔梗と柊の呆《あき》れ気味《ぎみ》の声を後に、依礼奈は連行されていく。

そうしてかれこれ三十分後。小鹿のように脚をプルプルさせながら生徒会室に戻ってきた依礼奈は、ドゥッと倒れ込むようにソファに身を沈め、溜息《ためいき》と共に吐き出すように言った。

「猫カフェ行きたい……」

「マーシャさんの癒しが無駄になってて草」

政近の半笑いの言葉には反応せず、依礼奈はソファの背もたれに乗せていた頭をコテンと前に倒して再度言う。

「猫カフェ行きたい……猫ちゃんに癒されたい……」

「行ってくればいいじゃないですか」

「行ったことないから一人だと怖い!!」

「なんだその堂々たる宣言は」

半笑いの政近のツッコミに続き、他の役員も苦笑気味に話し始める。

「猫カフェかぁ。そう言えばあたしも行ったことないなぁ」

「わたしも～。誰か、行ったことある人いる？」

マリヤの問い掛けに、しかし誰も頷《うなず》くことはなく。顔を見合わせては、首を左右に振るばかり。誰も行ったことがないことを察し、政近が中空を見ながら言う。

「猫カフェね～……興味がないことはないんですけど」

「わたくしも、興味はあるのですが……あまり、何かのついでに『行こう』ってなる場所でもないですよね」

「だな」

「あ～それ分かる。日常の動線上にないよね」

「銅線上？　ビビッて来ないってこと？」

「マーシャ、今電気配線の話はしてないから」

そんな感じでひとしきり猫カフェの話題で盛り上がった後、統也が軽く咳払《せきばら》いをして言う。

「あ～じゃあ、今度の休日に行ってみるか？　生徒会役員の交流も兼ねて……」

そう言いつつチラリと依礼奈の方を窺《うかが》う統也の視線を追い、なんだかんだで優しい後輩達は、次々に頷くのだった。

◇

「ところで、なんで吹奏楽部の部員を誘わないんですか？」

「え？　いやぁ……流石に部長が部員に対して、弱って愚痴ってる姿を見せるのはちょっと……そこは部長としての見栄《みえ》？」

「エレナ先輩……」

「え、なにその真剣な顔。もしかして見直しちゃった？　このエレナ先輩のこと、見直しちゃった？」

「エレナ先輩に張れるような見栄があったんですか」

「この後輩失礼過ぎるんですけどぉ!!」

◇

そして土曜日、八人は依礼奈が行きたがった、駅前の大きな猫カフェに来ていた。

「お、おお、ここが猫カフェ……」

「いや、入り口でそんなに感動することあります？」

なぜか入る前から感動に震えている依礼奈を促して中に入ると、受付のおねえさんがニコッと笑って声を掛けてくる。

「いらっしゃいませ。当店のご利用は初めてでしょうか？」

「は、はい」

「承知しました。では、当店の大事な約束事を説明させていただきますね。まず、店内では大きな音を立てたり大きな声で会話することは禁止です。猫ちゃんのストレスにならないよう、小さな声での会話をよろしくお願いします。また、猫ちゃんを見下ろさないよう、立って歩く際は伏し目がちに、猫ちゃんと触れ合う際は座って触れるようお願いします。また、眠っている猫ちゃんはそっとして――」

そんな感じで、いくつか注意事項の説明を受けてから、それぞれ飲み物を注文する。

「はい、それでは手の消毒をしてから、そちらから店内へどうぞ。いってらっしゃ～い」

店員さんにそう促され、予想外のルールの多さに驚いていた猫カフェ初心者たちは、一斉に肩の力を抜く。

「いや、こんなにいろいろルールがあるんだな。猫がそこまで繊細な生き物だとは知らなかった」

「まあ、初対面の客だから猫も警戒するっていう部分はあるのでは？」

「あ〜それはあるかもね〜……っと、そっか。ここも脱走防止で二重扉……いや、二重柵になってるのか」

そう言いながら、手の消毒をした茅咲が、店内へ繋《つな》がる柵に手を掛ける。と、同時に、店内にいた猫二十三匹が一斉にバッと顔を上げた。

猫たちの視界に映る、大きな柵の上部分をガッシリと掴《つか》む手。その奥からぬっと現れた、凄《すさ》まじい威圧感を放つ人間の頭部。

その時、猫たちは思い出した。

己が獣であることを。圧倒的強者たる猛獣達と、常に食うか食われるかの闘いをしていたあの日々を。

なお、ここにいる猫は全てペットショップで売れ残った子であり、野生なんぞ一度も経験してない生粋の家猫である。だがまあ、そんなことは些細《ささい》な問題であった。

「わぁ、猫がいっぱいい――」

「「「「シャアアァァァ――!!」」」」

「え、な、なんで？　あ、声大きかった？　あ、そっか伏し目か」

「「「「フゥゥゥシャァァ――!!」」」」

「なんで？　ねぇなんで？」

柵の向こうに一歩足を踏み入れた途端、店中の猫から一斉に威嚇され、ついでに店内にいたお客さんにも一斉に見られ、茅咲は涙目で受付の店員さんを振り返る。しかし、店員のおねえさんもこれは未知の現象らしく、戸惑った様子で目を瞬かせた。

「ど、どうしたんでしょう？　あの、もう一度確認しますが、香水とか付けていらっしゃいませんよね？」

「付けてないですぅ……」

「ですよね？　えっと、じゃあとりあえず姿勢を低くして……もらえると、いいんじゃないかと？」

店員さんもかなり自信なげだったが、茅咲は言われた通りに四《よ》つん這《ば》いになると、ハイハイの要領で柵の向こうへと進む。

「「「「フゥゥゥ〜〜……」」」」

それでもかな〜り睨まれ唸《うな》られていたが、茅咲が店の隅でちょーんと小さくなり、その隣に座った統也が慰めるように茅咲の肩に手を置くと、徐々に猫たちは茅咲から視線を外し始めた。

「茅咲ちゃん、かわいそう……」

「なんだろ、もしかして猛獣だって思われたのかな？」

「エレナ先輩……それ言っちゃいますか……」

そんな風に言い交わしながら、残る六人も店内に入る。

店内は床全面にカーペットが敷かれており、あちこちに猫の遊具や猫のおうちが設置されていた。ソファやベンチはあるが脚の長い椅子やテーブルはなく、お客はベンチやカーペットの上に飲み物を置き、床に座って猫と触れ合っている。壁の方を見れば、今日出ている猫のプロフィールが写真付きで張り出されていた。

「わ〜♡　猫ちゃんいっぱぁ〜い♡」

と、観察してる間にマリヤがトトトッと猫の方へと向かってしまい、残された面々は苦笑気味に顔を見合わせると、誰からともなく思い思いの場所へ向かう。そして、各々猫と触れ合い始めた。

……もっとも、触れ合えるかどうかは個人差があるようだったが。

「あぁ、モカちゃん待って〜」

小声で呼び掛けながら手を伸ばすが、足早に逃げられるマリヤ。それでも挫《くじ》けず別の猫ににじり寄るも、手の届く距離まで近付く前に逃げられる。その繰り返し。

(意外だな、聖母のようなマーシャさんなら、動物にも好かれるのかと思ってたんだが
……文字通り猫かわいがりしようとし過ぎなせいか？)

予想に反して猫に逃げられまくっているマリヤの姿を見て、政近はふと思う。

(なんだろ、アーリャに邪険にされてるいつもの姿を彷彿《ほうふつ》とさせるな……)

もしかしたら構おうとすればするほどうざがられるのは、猫も人間も同じなのかもしれない。

（ま、逃げられてるのは俺も同じだが……）

先程から猫が近くを通ることはあれど、手を伸ばすと足早に逃げられる。他のお客さんの中には猫を抱き上げている人もいるので、やはりこれは一見さんということで警戒されているのだろうか。

（アーリャやエレナ先輩も、か……）

アリサは何度も逃げられてる内に諦めたのか、今はただ床に座って猫の様子を眺めている。早々に関係構築を諦めてしまう辺り、孤高の気質《ぼっち》のお姫様が出ているというか……その一方で、依礼奈はと言うと。

「あの、すみません。カリカリ追加で」

「あ、は～い。分かりました」

エサで釣ってる間は触れるという悲しい現実に気付き、早々に課金に走っていた。

「好感度はお金で買える……ふふっ、もしかしたらあの子も、こうしてればよかったのかなぁ」

癒《いや》されに来たはずが何やらよろしくない真理に辿《たど》り着きかけている依礼奈から目を逸《そ》らし、政近は他のメンバーを探す。

（更科先輩は……また威嚇されたのか？　あそこまで分かりやすく落ち込んでる更科先輩

も珍しいな……で、会長はそのフォローか）

恋人を気遣った統也が、エサで釣った猫を茅咲の近くへ連れて行くが……体育座りで膝に顔を埋めていた茅咲がちょっと顔を上げただけで、しっぽをシュンと下げた猫はエサを掻《か》っ攫《さら》って逃げていく。

（うん……まあ、頑張ってほしい。何をって言われると答えに困るけど）

哀愁漂う茅咲と、それを慰める統也からも目を逸らすと、ふと有希《ゆき》と目が合った。その手元を見れば、なんと猫の喉元をクリクリと指で掻いており、相手の猫も気持ちよさそうに目を閉じているではないか。

エサなし《ドーピング》で猫との触れ合いに成功している妹に、政近は驚きを覚えながら近寄ると、小声で話し掛けた。

「すごいな。ちゃんと懐いてるじゃん」

「フッ、私のフィンガーテクをもってすればこんなもんよ」

近くに他のメンバーがいないのをいいことに、有希は小声ながら砕けた口調で答える。

そして、手元の猫を見下ろして言った。

「まあ真面目な話、お兄ちゃんさっきからずっと上から撫でようとしてるでしょ。あれじゃあダメだよ」

「え、そうなのか？」

しかし言われてみれば、上から見下ろすのがダメならば、上から手を伸ばすのもダメなのかもしれない。そう納得する政近に、有希は続ける。

「まず下から手を伸ばして、指先の匂いを嗅がせるんだよ。それで馴れてくれれば、撫でさせてくれるかもね。まあダメな子はダメだろうけど」

「ほ～ん、なるほどな。貴重な情報どうも」

良いことを聞いたと、政近は再度猫との触れ合いにトライするが……既に警戒されてしまったのか、近寄っただけで逃げられてしまう。

「第一印象が大事なのは、猫も人間も一緒、か……」

五匹目に逃げられたところで、不意にアリサと目が合ってどちらからともなく苦笑する。

「……よっ、思ったより触れ合えないな」

「そうね。まあこうやって眺めてるだけでも楽しいからいいのだけど」

たしかに、キャットタワーでしなやかに跳躍する猫や、クッションの下に頭を突っ込もうとしている猫。既に別の猫が寝ているドーム状のおうちに入ろうとして、猫パンチで撃退されている猫など、見ているだけで飽きない光景ではあった。

そこには頷《うなず》きつつ、政近はからかうようにアリサに言う。

「お前、結構早々に触れ合うの諦めてたよな」

「……あれを見てたら、ね」

チラリとアリサが視線で示す方を見れば、そこには相変わらず猫に逃げられ続けているマリヤの姿。それでも諦めずにトライし続けているのは偉いと思うが、妹としては少し恥ずかしい気持ちもあるのかもしれない。

「あぁ〜……ま、あれはあれで楽しんでそうだし……」

「まあ、ね……」

と、有希が猫を撫でていることに気付いたらしく、マリヤはそちらへ近付く。そして、有希に何かを言って、マリヤが有希の手元の猫に手を伸ばすと——猫はパッと立ち上がり、即座に逃げ出した。その背を「あぁっ」という表情で見送り、マリヤは有希にペコペコ頭を下げる。

「……」

額に手を当て、瞑目《めいもく》するアリサ。それに苦笑いを浮かべながら、政近はいそいそと飲み物を置いておいたところまで戻ると、カーペットの上に腰を下ろす。そうしてカフェオレを口に運んだところで、ハタと気付いた。

（あれ？　そう言えば綾乃《あやの》は……）

いつにも増して気配が消えている幼馴染《おさななじ》みの少女を捜し、政近は視線を巡らせる。そして、部屋の隅の方で、ちょこなんと正座している姿を発見した。発見して、思わず二度見した。

恐らく律儀に注意事項に従い、一切音を立てずに気配を殺していたのだろう。その、結果として……今綾乃は、人間キャットタワーと化していた。

「………！　……⁉」

ピクリとも動かないまま、あるいは動けないまま、目を白黒させている綾乃。その、正座をしているふとももの上に一匹。肩の上に一匹。頭の上に一匹。周りを取り囲むように三匹。

「どうしてそうなった⁇」

これぞ、無欲の勝利というやつか。あるいは、気配を殺し過ぎて新しい遊具か何かと勘違いされたのか。あ、もう一匹やって来た。

綾乃の隣にあるソファの上を歩いてきた猫が、綾乃の肩の上にいる猫とバチッと目を合わせる。そうして数秒睨《にら》み合ってから、観念したのか譲歩したのか、肩の上にいた猫がストンと床に降りた。しかしそのまま立ち去ることはなく、「こ、この状況、どうすれば……？」とでも言いたげな様子の綾乃をじっと見上げると、その場にゴロンと横になる。

そうしている間に、ソファの上にいた猫が綾乃の肩の上に飛び乗り、綾乃はわずかに上体を揺らす。だが、頭の上で丸まってる猫がピクリと耳を動かし、不機嫌そうにもぞもぞと足を動かすと、綾乃はギシッと動きを止める。

「人間が猫の奴隷であることを体現している……」

そう呟《つぶや》き、政近はとりあえずその光景を写真に収めた。その最中に綾乃から助けを求めるような目を向けられるのを感じたが、放っておいたらどこまで増えるのか気になったので、その視線には気付かないふりをした。

と、不意に気配を感じ、政近は視線を下ろす。そして、胡坐《あぐら》をかいている自分の右膝の横に、一匹の白猫が近付いてきているのに気付いた。

（ん？　この猫……さっき揺り籠《かご》みたいなところで寝てた猫か）

チラリと窓際の揺り籠型のおうちを見て、そこが空になっていることを確認してから視線を戻す。すると、ちょうど顔を上げた白猫と目が合った。

（おっ、すごい。めっちゃ綺麗《きれい》な青目だ）

艶《つや》やかな純白の毛並みに、鮮やかな青い瞳。

思わず写真を撮りたくなったが、そうしたら逃げられるだろうと思ったので、政近は黙ってその目を見返す。

（ま、写真撮らなくても逃げられるだろうけど……）

そう考えながらじっと白猫と見つめ合う政近だったが、予想に反してその猫は逃げなかった。まだ少し警戒している様子だったが、じっと政近の方を見上げたままその場を動かない。

（ん？　これ、もしかしてチャンスか？）

そこで有希に言われたことを思い出し、政近は手のひらを上にして、そっと右手を白猫の前に差し出した。すると、白猫は頭を下げ、スンスンと政近の指の匂いを嗅ぐと、中指の爪の辺りをペロッと舐《な》める。

（おぉう）

ザラリとした舌の感触に微《かす》かに肩を震わせていると、白猫はぺたんとその場に伏せた。

（えっと……これは撫でてもいいのか？）

特に逃げようとする素振りを見せない白猫に、政近は恐る恐る手を伸ばし、そっとその背を撫《な》でる。すると、白猫はスッと起き上がり、プルプルと頭を振った。

「っと」

やはり嫌だったのかと、咄嗟《とっさ》に手を離す政近。だが、なんと白猫はそんな政近を青い目でじっと見上げると、ぴょんと政近の右脚の上に飛び乗った。そして、政近の脚の上をのしのしと歩くと、胡坐の真ん中でくるりと丸くなる。

完全に予想外な展開に、思わず固まってしまう政近だったが、そこでパチッと目を開けた白猫にじっと見上げられ、慎重になでなでを再開した。

「お、おぉ～～」

ようやく猫との触れ合いに成功し、政近はちょっと感動する。そうして、「思ったよりゴツゴツしてるんだな～」とか思いながら白猫の背を撫でていると、近くを通り掛かった店員のおねえさんが目を丸くした。

「え、すごい。アリアちゃんが膝の上に乗るなんて」

「アリア、ちゃん？」

「はい。この子すっごいお姫様で、気分が乗らない時は店長でも全然触らせてもらえないんですよ～。うわぁすごい。え、写真撮っていいですか？」

「え？　ああ、はい。まあ顔が写らないようにしてもらえれば……」

「ありがとうございます～」

本気で珍しいことなのか、店員さんは仕事そっちのけでスマホを取り出し、政近の脚の上で丸まる白猫を撮る。しかもそこへ更に、大学生くらいに見える二人組の女性客も近寄ってきた。

「うわっ、ホントだ。えぇ～すごぉい！　アリアちゃんって膝に乗せられるんだ～」

「え、えっ、すみません私達も撮っていいですかぁ？」

「あ、はい。まあいいですけど……」

「ありがとうございますぅ～。私達ここの常連で、もう二十回くらい来てるんですけどぉ。今までアリアちゃんだけは一度も触れたことないんですよぉ」

「はぁそうなんですか……」

周囲の驚きの反応に曖昧に笑いつつ壁の方を見れば、たしかに性格の欄に「世界一お姫様！」と書かれたプロフィールが目に入った。そう言われて見てみると、ツンとした顔でプルプルと頭を振るその仕草も、「悪くなくってよ」と言っているように見えなくもない。

「ありがとうございました～。すみません突然」

「「ありがとうございましたぁ～」」

「あ、いえいえ」

繰り返し頭を下げながら去っていく店員さんと女性客二人を見送り、政近は脚の上の白猫を見下ろす。

「……お前、お姫様なのか？」

そう問うが、当然猫が答えることはなく。政近はとりあえず、背中以外の場所も撫でてみる。

しっぽはなんとなく嫌がられそうなので、耳の後ろを掻いたり、喉を掻いたりしてみるが、特に嫌がる様子はない。さりとて目に見えて喜ぶ様子もなく、すまし顔でされるがまま。それでいて、手を止めると何か言いたげにじっと見てくる。

（あぁ、これはたしかにお姫様かも……というかこの色彩にこの名前、しかもお姫様って……なんだか誰かさんを彷彿《ほうふつ》とさせるような）

ぼんやりとそんなことを考えながら白猫を撫でていると、不意にぺしんとしっぽで腕をはたかれた。「おっ？」と思いながら視線を下ろすと、どこか咎《とが》めるような目でじっとこちらを見てくるアリアさん。その顔に、かつて「今、他の女のこと考えてた？」とこちらを睨《にら》んできたアリサの顔が重なった。

（いや、こういうところも本当に……）

そう考えたところで、視界に白いソックスを穿《は》いた足先が入り込んでくる。

（おっと）

噂をすればなんとやら。政近が顔を上げると、そこにはやはりと言うべきか、こちらを見下ろすアリサの姿が。その視線が、政近の脚の上で丸まる白猫をじっと見据える。それに対して、白猫もまたクリッと目を向けると、「あら何か用？」とでも言いたげにアリサを見返した。

一人と一匹の視線が衝突し……アリサは腰を下ろすと、笑みを浮かべて言う。

「懐いてくれる猫がいたのね。よかったじゃない」

「あ、おう……」

「私も、撫《な》でさせてもらっていい？」

「え？　いやそれは、どうかなぁ……なんかこの子、性格がお姫様らしくて」

「……ふ〜ん」

それを聞いて、なぜか少し笑みを消すアリサ。一人と一匹の、どこか剣呑《けんのん》な視線が正面からぶつかり合う。

（え、なに？　同族嫌悪？　同族嫌悪なの？）

なんだかさっきからどことなくピリピリしたものを感じさせるアリサと白猫を交互に見て、政近は慎重に言う。

「あ、それと……最初は下から手を出して、指先の匂いを嗅がせるといいみたいだ、ぞ？」

「そうなの？」

言われた通り、アリサは白猫の前にスッと右手を差し出す。それに対して、白猫もスッと首を伸ばし――

「あっ」

という間に噛《か》んだ。即座にアリサが手を引っ込め、慌てた様子で指を観察するが、特に皮膚は破けておらず、血も出ていないらしい。

「だ、大丈夫かアーリャ」

とはいえ甘噛《あまが》みというには強く噛まれたように見えるアリサにそう声を掛けるが、アリサはそれには答えず白猫をじっと見て呟いた。

【泥棒猫……】

それに対し、白猫は「あらやるの？」とでも言いたげにツンと鼻先を上げる。今度こそはっきりと火花を散らせる一人と一匹に、これ以上はマズいと判断した政近は、白猫を床に降ろすべく手を伸ばす。が、白猫はその手をするりと躱《かわ》し、逆に政近の腕を伝って肩に飛び乗った。

「うぉ、おぅ」

突然肩にズシッと重みが加わり、政近は少し前のめりになる。それを幸いと、白猫は政近の首の後ろをまたぐと、政近の両肩に足を掛けて正面からアリサを見返した。

その視線から、アリサは「いつまで見下ろしてんのよ。政近《これ》は私のよ」という宣戦布告を受け取った。……一方的に。

【上等……！】

「シャーッ！」

そうして遂《つい》に、異種族混合超無差別級の女同士の戦いが、ここに始まー――

「わ～久世《くぜ》くんすご～い。肩乗り猫ちゃん？」

そこへ、四《よ》つん這《ば》いでハイハイするようにして近寄ってきたマリヤ。その瞬間、アリサとアリアは同時に察知した。

強制的に頭を下げさせられている政近の視線が……四つん這いで近付いてきたマリヤの、無防備な襟から覗く胸元に、はっきりと向けられたことを。

刹那、鞭《むち》のようにしなったアリアのしっぽが、政近の目元をパシンと打った。

「あでっ⁉　目ぇ⁉」

「あ、あらあら久世くん、大丈夫？」

ビクッとのけ反る政近の肩からひらりと飛び降り、アリアは小馬鹿にしたような目で政近を見上げると、ぷいっと顔を背けて悠々と歩き去る。すれ違いざまに、アリサの手の甲を軽くしっぽで撫でながら。

「！」

その軽いタッチに、アリサは「あなたも大変ね」という意思を受け取った。ハッとして振り向くアリサを見るでもなく、アリアは悠然と部屋を横切ると、特等席たる揺り篭の中で丸くなる。そこへやってきたオス猫がちょっかいを掛けようとするも、即座に猫パンチで撃退。ついでに周りの猫をキッとねめつけると、再度悠然と丸くなった。

その光景を見て、アリサは小さく笑って呟く。

【あなたもね】

それが聞こえたのかどうか、ゆらりと持ち上がった真っ白なしっぽが、まるで手を振る

ように揺れた。

これが、一人と一匹の友情の始まりであり、この後アリサは度々このお店を訪れ、真っ白なお姫様と友情を育むのであった。

・触れた猫の数最終結果
最下位（0匹）：マリヤ、茅咲
第五位（1匹）：政近、アリサ
第四位（3匹）：統也（課金）
第三位（4匹）：有希（無課金）
第二位（6匹）：依礼奈（重課金）
第一位（17匹）：綾乃（むしろ向こうから触られた）

新規SS

そうだ、プールに行こう

「暑《あ》っつい！ 手ぇ痛い！」

広々とした公園内に、依礼奈《えれな》の悲鳴が響く。

それに続いて、乃々亜《ののあ》のいつにも増して覇気のない声が上がる。

「今十月だよねぇ？ 秋はどこ行っちゃったわけぇ？」

このぼやきには、その場の全員が同意を示した。

十月中旬の土曜日。この日は体育祭の出馬戦に向け、九条《くじょう》久世《くぜ》陣営の十二人が全員集まった、初の合同練習が行われていた。

有希《ゆき》陣営にメンバーの情報が漏れないよう、学園から少し離れた公園を練習場所としたのだが……今日は雲ひとつない快晴で、十月らしからぬ真夏日。

そこに体力消耗が激しい上に密着度も高い騎馬戦などやったものだから、騎馬を務める九人は三十分も経たない内に汗だくになってしまっていた。流石に女子剣道部の主力選手である四季姉妹はまだまだ余力がありそうだが、特に運動部でもなく、上に乗ってる騎手《アリサ》が高身長なマリヤと依礼奈の消耗が激しい。

「これは……ちょっと早めに切り上げた方がいいかな？」

すっかり疲れた様子でぽえーっとしちゃってるマリヤと地面に座り込んで手をプラプラさせている依礼奈を見ながら、政近《まさちか》がアリサに声を掛ける。

今日は十一時集合で一時間半くらい練習し、最後に懇親会兼決起集会としてランチを食べて解散……という計画だったのだが、この様子ではあと一時間なんてとても無理だろう。

「そう、ね……ちょっと、見通しが甘かったわね」

今日まで何度か騎馬ごとに練習をし、休憩を挿《はさ》めばそれなりに長い時間騎馬を維持できるようになったが、実戦練習となるとまた話は別だった。何が別かって、とにかく騎馬の手への負担が段違いだ。騎手がハチマキの奪い合いで踏ん張ったり身をよじったりする度に、その足を支える騎馬の手にグンッグンッと負荷が掛かる。それに対してなんとか手を離すまいとしっかり握るもんだから、左右から握り締められ上から踏まれした指の根元が千切れそうに痛むのだ。この調子で続けたら、昼食会では箸も握れなくなりそうだった。

「政近ぁ、これあと一時間は無理だぜ」

「それ。ってかも～シャワー浴びたい」

同じ結論に至ったらしく、毅《たけし》が両手の指を曲げ伸ばししながらそう言い、乃々亜もそれに同意する。更に光瑠《ひかる》も遠慮がちに頷《うなず》くのを見て、政近とアリサが練習時間の短縮を決め
……かけたその時。

「お待ちになって」

扇子の風に縦ロールを揺らしながら、菫《すみれ》が声を上げた。そうしてへばっている騎馬の面々を見回しながら、確認するように問う。

「主に問題となっているのは、この暑さと騎馬の方の手への負担。そうですわよね？」

菫の問いに、八人が「そうだけど、それがどうしたのか」といった顔をしながらも頷く。

八人の反応に、菫はパチンと扇子を閉じながら口の端で笑った。

「では、練習場所を変えませんこと？　場所はわたくしが用意しますわ」

「え……？　ああ、屋内に移動するとかですか？　でも、騎馬戦やれるような涼しくて広い場所って……あ、どっかの屋内バスケットコートでも借ります？」

「ノン」

政近の予想をスパッと否定し、菫は不敵に笑う。

「我に秘策あり、ですわ」

◇

「金持ちって……ホントどうかしてる」

「それな……」

「いや、お金持ちって一括《ひとくく》りにしちゃダメだと思うよ？　桐生院《きりゅういん》先輩が特殊なだけだから……」

あの後、「場所を用意する間、早めの昼食にしましょう」という菫の提案を受け、一行はどうするつもりなのか分からないまま、ひとまず予定を繰り上げてレストランでランチにした。そして食事後、菫の呼んだ三台のタクシーで移動し、着いたのは高級ホテル。の、大きな別館にあるプール。この場所を選んだ菫曰《いわ》く、

「プールなら涼しく、汗を掻《か》いてもすぐに流せ、浮力を味方にすることで騎馬への負担も減る。まさに一石三鳥ですわ！」

とのことだった。その時点で政近はいろいろとツッコみたくなったが、得意満面な菫に四季姉妹が「流石」と言いたげに頷いていたこと。更に依礼奈と乃々亜《ののあ》が「うお～プール～」と非常に乗り気な様子だったことから、グッと言葉を呑み込んだ。

「ホテルのプールって、貸し切れるものなのか……？　というか、宿泊客以外が使っていいんだっけ？」

しっかりスライダーなんかも付いている広々とした、それでいて数名のホテル側のスタッフを除いてガランとしたプールを前に、政近が疑問の声を上げる。すると、光瑠が首をひねりながらそれに応じた。

「う、うぅ～ん……僕もよく知らないけど、ナイトプールとして宿泊客以外に開放してたりする場所もあるらしいよ？　一応、貸し切りも出来ないことはない……らしいけど、流石に事前予約しないと無理じゃないかなぁ？」

「じぜんはじぜんでも、時間の〝時〟で時前だったよな？」

「上手《うま》いこと言うな毅」

「お、そう？　あ、ちなみに言っとくと、こういう通年開いてるデカいプールでは、普通に貸し切りとか無理だと思うぞ？　というかここ来る途中、プールはメンテナンス中で使用不可って書いてあったし……」

「え、マジ？」

「うん。で、それを桐生院先輩に指摘したらさ……」

「おう」

そこで毅は、やおら右手の甲を頬に当てると、下手くそな声真似《まね》で言う。

「『これは、視察ですわ。桐生院グループ傘下の施設を、未来の会長として視察するのですわ！』……だとよ」

「サラッと未来の会長とか言ってる……というか、視察なら普通にお客が入ってる状態でやらないと意味ないんじゃ……」

そこまで言って、毅に言っても仕方ないと考えてやめる。それに、考えてみればお客さんで賑《にぎ》わっているところで騎馬戦とか、普通に危ないし迷惑客が過ぎるだろう。こんな飛び込みで超お偉いさんのご息女が視察（？）に来た時点で、ホテルにとってはある意味迷惑客な気もするが。

「……ま、深く考えたら負けってことだな」

「そうだね……今更考えても仕方ないし」

「桐生院先輩が問題ないって言うなら問題ないんだろ、たぶん」

「だな。まあこんな機会でもないと貸し切りプールなんて体験できないし、ここは素直に感謝するべきか」

諦めの境地でそんなことを話しながら、なんとなく先にプールに入るのも気が引けて、三人はプールサイドで女性陣を待つ。なお、当然誰も水着なんて用意していなかったが、そこはホテルのテナントで買った。

「で、その光瑠のゴーグルはなに」

なぜかプールに入る前から、やたらとレンズが黒いゴーグルを着用している光瑠に、遅ればせながら政近は問う。すると、光瑠は視線を隠したまま皮肉げに口の端をゆがめた。

「なるべく女性陣を見ないようにするため」

「……なんか、ごめんな」

水着の女の子がたくさんという、普通の男子高校生にとっては嬉《うれ》しさしかないだろう状況も、女子が苦手な光瑠にとっては苦行でしかないらしい。

「いや、これは僕の問題だから、誰が悪いわけでもないんだけどさ……むしろごめんね。めんどくさくて」

「いやいや、それこそ光瑠が謝ることじゃ――」

と、政近が言い掛けたところで。背後から女性陣の賑やかな声が聞こえ、菫のよく通る声が飛んでくる。

「あら、お待たせしてしまったかしら」

その声に振り向き──

「う、お」

政近は、思わず軽くのけ反った。

なぜなら女性陣の先頭に立つ菫が、ちょっと海外のセレブが着るようなえらいセクシーな黒い水着を着ていたから。しかも、胸元の水着が交差するところに、ブランド物のサングラスまで引っ掛けている。室内なのに。室内なのに！

とまあそんなツッコミが無粋と思えるほどに、これがビックリするほど似合っているのだ。その抜群のスタイルと相まって、およそ高校生には見えない。ただ……

「すみれ先輩、大変お似合いですけど……その格好で騎馬戦するんですか？」

「すっ！　……ええ、何か問題でも？」

「問題っていうか……」

はっきり言うなら『ドキッ！　水着だらけの騎馬戦大会！　ポロリしそうだけどそんな水着で大丈夫か？』である。が、それを真っ向から指摘するのは流石に躊躇《ためら》われた。

「……まあ、バイオレット先輩がそれで大丈夫なら大丈夫です」

「すみれですわ！　って、さっきは言えてましたわよね!?」

即座にツッコむ菫を華麗にスルーする政近だったが、そこでこちらも際どいビキニを身に着けた依礼奈がご親切に解説を加える。

「ヴィオちゃん、久世くんはヴィオちゃんが騎馬戦の途中でポロリしちゃわないか心配してるんだよ」

「いらんこと言わんでいいです」

「あらまあそれは……無用の心配ですわ。そのようなヘマはいたしませんもの。水着であろうとも、華麗に優雅に勝利してみせますわ！」

「そうですか、それならいいんですけど」

錯覚かもしれないが、女性陣から「お前なに想像してんだよ」という冷たい視線が照射された気がして、政近は依礼奈に少し恨みがましい目を向けた。すると、依礼奈はちょっと前屈《まえかが》みになってグラビアアイドルみたいなポーズをとりながら、パチンとウィンクする。

「おやおや？　もしかしてこのエロナ先輩のことも心配してくれてるのかな？」

両腕で寄せられ持ち上げられた、黄色いビキニに包まれた豊満なお胸が、年上の貫禄を見せつける。だが、そのたわわな揺れっぷりに反して政近の心は驚くほど揺れなかった。

「ええ、精々気を付けてください。仮にエレナ先輩がポロリしてパニックになったら、上に乗ってるアーリャが危険なので」

「あたしの心配は⁉」

「安心してください。別に見ませんし、位置的に見えませんし」

「清宮《きよみや》くんと丸山《まるやま》くんには見えちゃうんじゃないかな……」

「……あれを見ても、そう思います？」

いつの間にかちょっと離れたところに移動している光瑠と毅を視線で示し、政近は問う。片や真っ黒ゴーグルを着けたまま伏し目がちに乃々亜と沙也加《さやか》と話しており、片やプールの縁に立って足先をちょんちょん水に浸けながらわざとらしく「うお〜冷て〜」とか言っている。なお、温水プールである。

「……うん、思ったより安心っぽいね」

「でしょう？」

あえて水着姿の女子を直視しないようにしている女子苦手男子と、シャイで水着姿の女子を直視できないピュア男子を見て、依礼奈は毒気を抜かれた様子で頷いた。それに肩を竦《すく》め、政近はそこでようやく依礼奈の後ろに立つ二人に目を向ける。目を向けて、

（あ、やっぱりまだちょっと早かった）

スイッと斜め上に視線を逃がした。政近が密《ひそ》かに固めていた覚悟を、美人姉妹の水着姿のインパクトが軽々乗り越え、貫通攻撃してきた。

（あかん……これはちょっと、直視でけんわ）

露出度で言えば、夏休みに海で見た水着と大して変わらない。なのに、こうも見え方が違うのは……二人の美少女度に磨きが掛かっているせいか、あるいは政近の二人を見る目が変わっているせいか。

しかしこうも分かりやすく目を逸《そ》らして、正面の相手にそれがバレないはずもなく。

「久世くん、どこを見てるの？」

「あら、もしかして照れてる？」

声を聞いただけで分かる、不思議そうな顔をしているマリヤと悪戯《いたずら》っぽい顔をしているアリサ。

「ねぇ、あたしを見た時と反応違くない？」

そして、引き攣《つ》った笑みを浮かべているエレナ。

「……エレナ先輩にひとつ言うのであれば、男って見せつけられるとかえって真顔になっちゃうんですよ」

「冷静な指摘やめてくれる？」

「というか、エレナ先輩もそれを分かった上であえて自分から見せつけてますよね？　攻撃は最大の防御の発想で」

「冷静な指摘やめてくれる⁉」

図星を指されながらも「違いますぅ〜この悩ましボディから溢《あふ》れ出るエロスを抑え切れないだけですぅ〜」などと宣《のたま》う依礼奈のおかげで多少冷静になり、政近はフーッと長く息を吐く。

(落ち着け……みっともなく狼狽《うろた》えるな。下心なんて微塵《みじん》も見せず、サラッとスマートに褒めるんだ。そうだ、紳士になれ久世政近。今この時だけは、良家の紳士として育てられた周防《すおう》政近を呼び覚ますんだ！)

目を閉じ、深い呼吸と共に、己の内側に意識を潜り込ませる。すると、胸の奥に幼い、

周防政近が立っているのが見えてくる。純真無垢《じゅんしんむく》であった、そのかつての自分に呼び掛け——

『ふわわっ、まーちゃんが水着に……えっちだよぉ』

『……』

どこが紳士だ、ただのクソませガキじゃねぇか。

(何が『ふわわっ』だ。いっちょ前に頬を染めてんじゃねぇよ気持ち悪《わ》りぃな)

思ったより純真無垢でもなかった周防政近をジト目で睨《にら》んでいると、ふよふよとどこからか飛んできた小悪魔有希が、幼い周防政近に話し掛けた。

『坊や、それが、おねショタの第一歩だ……今のその気持ちを大事にするんだよ』

『俺の深層心理に変な知識刷り込んでんじゃねぇ!』

小悪魔有希をアッパーカットで吹き飛ばしつつ、政近は深層心理から回帰する。そして、当てが外れたことに内心舌打ちすると、やむなく素の自分で二人に向き直った。

「ふわわっ」

したら、心の奥の周防政近と全く同じ反応が出た。恐らく、頬も赤くなっているだろう。慌てて口を閉じ目を逸らすも、もう遅い。一瞬きょとんとした表情を浮かべた九条姉妹が、姉はテレテレと、妹はニンマリと笑うのが気配で分かる。

「え、えぇ～？　ンもぅ、そんな反応されたら、こっちが照れちゃう……」

「ふふっ、ずいぶん可愛い反応をするのね。そんなに、私達の水着姿が魅力的だったの？」

明らかに攻め攻めな、アリサの笑みを含んだ問い掛けに、政近は内心歯噛《はが》みし……先程自分が依礼奈に言った「攻撃は最大の防御」という言葉を思い出した。そして、改めて二人に向き直ると、大真面目な表情で言う。

「ああ、正直驚いた。刺激が強くて、思わず直視できなかったよ」

「え、そ、そぅ？」

「やだぁ～もう、照れちゃう～」

政近の「刺激が強い」という言葉に、アリサは今更ながら自分の胸元を隠す素振りを見せ、目を逸らして恥じらう。マリヤもまた、両手を頬に当てて頭からハートマークを飛ばしながら恥じらう。

「何をしているのですか」

そこへ、呆《あき》れた様子で声を掛けてきた沙也加を見て、政近は片眉を上げた。

「あれ？　眼鏡掛けたままなのか？」

「……プールに入る時は外しますよ。別に、騎馬戦が出来ないほど目が悪いわけではないですし」

「そっか……まあ、貸し切りだし。そんな不自由もせんか」

政近がそう納得したところで、乃々亜が上体を斜めに傾けて顔を覗《のぞ》き込んでくる。

「それよかくぜっちぃ～アタシらの水着に何か感想はないの～？」

「ええ？　まあ似合ってると思う……ぞ？　というか、お前に関してはなんかすごいな」

あちこちにアクセサリーやらリボンやらをこれでもかと着けた、ともすれば菫以上に実用性無視で見栄《みば》え重視の乃々亜の格好を見て、政近は曖昧に笑う。その反応に、乃々亜は傾けていた上体を持ち上げると、ぐでーんと反対方向に首を傾げる。

「くぜっちの反応つまんな〜い。そだ、タケスィーをからかってやろ」

「やめて差し上げろ」

光瑠と一緒にプールの縁で何かやってる毅に狙いを付ける乃々亜へ、政近は無駄と知りつつ一応止める。そして、案の定ガン無視で毅の下へ向かう乃々亜に諦めたように首を振っていると、背後からまた依礼奈のいらん一言が。

「久世くんは巨乳好き、と」

「熱い風評被害やめてもらえますか？　身近にいる人間ほど、こういう時見違えて動揺してしまうだけですから」

「ふぅ〜ん？　まあ？　あたしとヴィオちゃんのデカパイには反応薄かったし？　そういうことにしとこっかね〜？」

「デカパイて……あなた本当に十八ですか？」

「八十八でっす！」

「聞いてないです」

あえて何が八十八なのか確認することはせず、アリサの視線がじとっとしていることにも気付かないふりをしながら、政近は四季姉妹の方に呼び掛けた。

「それじゃあ、そろそろ……練習始めますか？」

「その前に！」

　菫に食い気味に切り返され、政近は面食らう。

（え、なに？　何かすることあったっけ？）

　瞬きを繰り返しながら思案する政近をキッと見返し、菫は胸を張って堂々と宣言した。

「準備運動ですわ！」

「あ、はい」

◇

　そうして、準備運動を終えてプールに入った一同は、グループごとに分かれて騎馬を組んだのだが……軽く動いてみてすぐに気付いた。

「これ、騎馬の手への負担、そんなに変わんなくない？」

「うん、知ってた」

　よく考えなくても当然のことだ。プールの深さは精々胸の下くらいまでしかなく、騎馬は肩の上で腕を組み、その上に騎手が乗るのだから。早い話が、騎手の脚から上は全部水中から出ている。浮力を味方にするって言ったって、これでは誤差の範囲だ。多少蹴りの威力は低減されるかな？　っていう程度。

そのくせ、胸から下が水中に入っている騎馬三人は、水の抵抗がデカいせいで滅茶苦茶《めちゃくちゃ》動きにくい。手で水を掻《か》くことも出来ないため、前に進もうと思ったらかなり前傾姿勢にならないといけない。そして、勢いをつけると急には止まれない。方向転換にも一苦労だ。

「これ、かえって負荷が増してるような……」

「……まあ、騎手が落下しても安全っていうメリットはありますかね？」

自分でも苦しいフォローだと思いながらそう言いつつ、政近は少し離れたところにいる発案者に目を向け……なぜか騎手が菫《すみれ》から菖蒲《あやめ》になっていることに、目を瞬かせた。

その視線に気付いたのか、騎馬の先頭に立つ菫が堂々と宣言する。

「身長制限につき、騎手交代ですわ！」

「何しに来たんだよ」

本格的に練習の意味が怪しくなり、政近は菫に聞こえないようボソッとツッコむ。

まあ恐らく、身長が低い菖蒲ではプールに立った時、前傾姿勢になると波が口元に当たってしまうのだろう。その度に呼吸を乱されていては、騎馬戦にならないのも分かる。とはいえ、本番と違う編成でやる練習にどこまで意味があるのか……

「ま、まあ、メインはあたしらの練習だし？　むしろ本番を想定していろんな騎手を相手にするのは大事じゃないかな！」

「そうね〜、むしろ有希ちゃんの体格を考えれば、菖蒲ちゃん相手の方がいい練習になるんじゃないかしら」

「言われてみれば……そうね」

「あぁまあ、それはたしかに？」

マリヤの言葉に少し納得し、頷《うなず》きながら菖蒲の方を見て……なんだか嬉々《きき》とした表情でシュッシュッと素振りをしている彼女を見て、一気に不安になった。

「……大丈夫か？　あれ」

四季姉妹の中で一番小柄ながら一番血に飢えていると噂の殺《あや》め……もとい菖蒲の血気盛んな様子に、政近は「果たしてハチマキの奪い合いで済むのか？」と懸念を抱く。しかしそこで沙也加の「お待たせしました」という声が聞こえて、政近はそちらを向いた。

そして、なんか斜め下辺りを見ている毅と、ゴーグルを着けたまま無の表情になっている光瑠を見て、彼らがやたらと騎馬を組むのに手間取っていた理由を察した。

（あ、そっか……俺は前だからそんなに地上と変わらんけど、毅と光瑠は後ろだから、腕の上に水着姿の沙也加が乗るのか）

それは、毅と光瑠にとってはそれぞれ全く別の理由で大変なことだろう。よく見れば、沙也加も流石にちょっと躊躇《ためら》いがあるのか、軽く腰を浮かせているのが分かる。

（う～ん……）

果たして、マトモに練習になるのか。再び疑念が湧いてきたところで、菫が「それでは、始めましょう！」と宣言したので、政近たちもなし崩し的に動き始めた。

「まずは、沙也加さんの方へ」

「了解。せぇ、のぉ！」

呼吸を合わせ、重たい水を押し退《の》けるように前進を開始する。すると、沙也加もこちらの狙いを察したらしく、菖蒲の方を警戒しながらもこちらへ向かってきた。が、

「うわっ、ちゃっ」

「おっ、ととっ⁉」

「えぇっ⁉　わっ」

「な、なにっ……？」

間合いに入る遥《はる》か手前で、沙也加たちは自爆した。バタバタ……というかバシャバシャと、連鎖的に水に沈む騎馬三人。その上で、「あれ？」という顔をしながらゆっくりと沈んでいく沙也加。

どうやら騎馬が前傾姿勢になり過ぎた結果、体勢を戻せずそのまま前に倒れてしまったようだ。そして足が水底を離れた結果、上に乗った沙也加に圧される形で沈没……するも、すぐに騎馬を解除して全員顔を出した。

「おぉ～い、大丈夫か～？」

「大丈夫～？」

一応声を掛けるが、割とゆっくり崩れたので特に問題はなさそうだ。特に咳《せ》き込んでいたりもしていないことに安心し、四季姉妹の方を見て――

「うぉ⁉」

水の抵抗もなんのその、後輩のトラブルもなんのその。こちらに横合いから突っ込んでくる菫たちを見て、ぎょっとする。

「っ、左に反転！」

「了、解！」

アリサの指示を受け、政近はぎゅっと左足で急ブレーキと方向転換を……しようとした。しようとしたのだ。スニーカーを履いて、地面の上でやってた時と同じ調子で。今の自分が裸足《はだし》で、足の下にあるのが公園の地面とは比較にならないほど平滑な、プールの底面であることを意識せずに。その結果。

「うぇっブッ！」

政近は、見事にすっころんだ。水底を掴《つか》み損ねた素足が思いっ切り滑り、両腕を封じられていたせいでバランスをとることも出来ず、政近は右耳から叩《たた》きつけられるようにしてザボンと水中に沈む。

「わっ！」

「えっ、ちょブッ！」

すると当然、政近の肩に手を掛けていたマリヤと依礼奈もバランスを崩す。ただでさえ前傾姿勢になっていたところに突然支えを失い、おまけに政近と繋《つな》いでいた手を下方向に引っ張られたせいで、二人もまた足を滑らせ、前につんのめるようにして着水。こうなると、堪《たま》ったものじゃないのはアリサだ。

「え、きゃあっ！」

腰掛けていた座面が突然前に傾斜し、同時に足場も抜けたアリサは、政近の上に放り出されるようにして派手に落水。バッシャンと大きな水飛沫《みずしぶき》が上がるが、幸い手も足も拘束されていなかったので、すぐに平泳ぎのように水を掻《か》いて水面に顔を出す。ほぼ同時に、政近と繋いでいた手を離したマリヤと依礼奈も、「ぷはっ」と顔を出す。しかしこうなると困るのは……浮上するべき水面を、図らずも女性陣に塞がれてしまった政近であった。転倒したことで指が変に絡んでしまったマリヤと依礼奈の手を、半ば振り解《ほど》くようにして離し、ようやく両手が自由になった政近は真っ先に水面を目指す。が、すぐに頭がドムッと何かにぶつかり、その浮上は妨げられる。

『⁉　ボァッ⁉』

予期せぬ事態に息を吐き出してしまうも、政近は即座に上にいるのがアリサだと察し、手で水を掻いて一旦潜ろうと……したのだが。その手がまた何かにぶつかり、腕が誰かの脚らしきものに蹴られ、ついでに左脚も誰かに踏まれ、政近は水中で身動き出来なくなる。

『！　ッ⁉』

ここまで来ると、流石の政近もちょっとパニックになった。というか、軽く溺れていた。体は浮力で浮き上がる。しかし、上には変わらずアリサがいるので、ただ後頭部がアリサの体に押し付けられるだけ。横に避けようにも、手足を思うように動かすことすらままならない。

いよいよ息が苦しくなり、政近が遮二無二水中から逃れようと……しかけたところで、後頭部を押さえるアリサの体がズズッと前に移動し、急に頭上が開けた。

「っ、プハッ！」

すかさず水面に顔を出し、思いっ切り息を吸――

「ゴホッ！　カハッ！　ッ！　ウェッホ！　オァ」

……おうとして、背を丸めて思いっ切り咳《せ》き込む。その拍子に額と鼻先がボスッと何かにぶつかり、政近は水や涙で滲《にじ》む瞳で、前方を確認する。そして、目の前。それこそ目と鼻の先にあるのが、アリサの大きく形のよいお尻と……水着のクロッチであることに気付き、呼吸が止まった。生理現象であるはずの咳ですら、一瞬止まった。

「――」

刹那、思考すらも完全に停止する政近だったが、それでも重力はお構いなしに作用し、不安定な体勢の政近を水中に引き戻す。そこでようやく我に返り、後方に泳ぎつつ再度顔を出そうとするが――

『ゴもッ⁉　ガッ！』

思いっ切り、アリサに蹴られた。ドカドカと、バタ足にしたってかなり強めな力で。肩や頭を、脛や足で激しく蹴飛ばされ、政近は藻掻《もが》く。それでもなんとか後方に逃れ、プールの中でちゃんと直立すると、政近は再度咳き込んだ。

『～～～‼』

「エホッ！　オェ、エホッ！」

そうして胸の中の異物感が多少収まってから、滲む瞳を前に向け――涙目でこちらを睨むアリサとバッチリ目が合った。

ようやっと酸素が供給され、パニックが収まった政近の脳は、ここでハッキリと事態を認識する。自分が……アリサの脚の間。それもふとももの間から顔を出し、そこで思いっ切り咳き込んでしまったという事態を。しかもその拍子に、どうやら限りなくアウトな接触をしてしまったという事態を。こちらを睨むアリサが、水面の下で水着のボトムスを押さえていることからも、その認識が間違いでないことは察せられる。

と、そこで脳内にポンッと出現した小悪魔有希が、感心した様子で言った。

『オイオイ、咳き込んだ勢いで股間に顔を突っ込むとか、お前天才かよ。エロ漫画の主人公かよ』

『はっきり言わんでいい!!　てかそこまではやってねぇ！　でこが軽くお尻に触れたくらい……だと、思う』

『自信なくしてんじゃねぇか』

そんなこと言われたところで、溺れかけた直後のことなんてしっかり認識できていない。しかし仮に接触したのがお尻だけだったとして、十分土下座案件である。そもそもアリサが落馬したこと自体、政近のせいなのだから。

「そのっ、ごめん！　俺のせいで、落馬させちゃって……！」

人目を意識して、それ以上具体的なことは言わずに頭を下げる。水中なので土下座は出来ないが、水面に鼻先が着くまで頭を下げる。しかし、聞こえてきたのは……

【絶対、許さない……】

怒りと恥辱に震える、アリサのロシア語だった。

【よくも、私の……に、顔を……絶対、一生掛けて責任……】

「ま、まあまあアーリャちゃん。久世くんだってわざとじゃなかったんだし、ね？」

マリヤの取りなすような声に少し顔を上げると、アリサがギッとマリヤを睨《にら》んで食って掛かる。

【わざとじゃない!? わざとじゃなければ、どこを触っても許されるの!? お、女の子の、一番――】

【アーリャちゃん！　いくらロシア語でもそういうことは言わない方がいいと思う！】

どうせ周りには伝わらないと思っているロシア語でまくし立てるアリサに対して、約一名伝わってしまう人がいることを知っているマリヤは珍しく語気を強めた。そのいつにない姉の剣幕《けんまく》に、アリサも思わず言葉を呑《の》み込む。と同時に、その明らかに尋常ではない様子に、頬に男友達二人の「なんだ政近何をやらかした」という視線が突き刺さり、政近は壮絶に居た堪《たま》れなくなる。

「あの、本当に、ちゃんとお詫《わ》びしますので……許していただけないでしょうか……」

肩を縮こまらせてそう言い、救いを求めるように依礼奈の方を見て……政近はそこでようやく、依礼奈の様子がおかしいことに気付いた。

水着のトップスを指でいじりながら、なぜか政近と目を合わせようとしない依礼奈。その挙動不審な様子に軽く眉根を寄せ、政近はふとひとつの可能性に思い至る。

（まさか……）

水中で必死にもがいていた時。あの時に、依礼奈ともなんらかのアカン接触をしていた……という可能性。

「あの、エレナ先輩……俺もしかして、エレナ先輩とも変にぶつかったりしました？」

政近の認識では、特に妙なものと接触をした覚えはないのだが……

「えっ、あ〜……やっ、あたしは別に……」

否定しながらも、明らかに何かあった風な依礼奈。

「……エレナ先輩にも、後で何か奢《おご》りますね」

具体的に何があったのか、追及してもいいことはないと学習した政近は、それだけ言って四季姉妹の方を見る。そして、不戦勝となって微妙な顔をしている菫、桔梗、柊。その上で「あれ？　戦いは？　ねぇ戦いは？」と血気に逸《はや》ってる菖蒲を見て言った。

「やっぱり危ないんで騎馬戦はやめときましょう」

◇

「不完全燃焼！　アタシも血沸き肉躍る戦いをしたかった！」

「は〜いはい菖蒲。少し頭を冷やそうね〜」

プールサイドで不満そうに拳を振り上げる菖蒲が、桔梗に投げっぱなしジャーマンでプールに放り込まれる。そんな、なかなかにショッキングな光景を尻目に、政近は依礼奈と九条姉妹を連れて、ウォータースライダー裏の奥まったところにある、飲み物や軽食を売っているお店の前にやって来た。

「じゃあ、お好きなのをどうぞ……」

「いいの？　じゃ〜あたしフランクフルト」

「わたしはソフトクリームかな〜バニラで」

「……私も、ソフトクリームのチョコで」

「あ〜じゃあ、ソフトクリームのバニラをもうひとつください」

「は〜い」

四人分の注文を受け、どうやらワンオペらしいおばちゃん店員が、手早く注文の品を用意してくれる。

「はい、全部で二千三百円ね」

「えっと、電子マネーで」

流石に財布はロッカーの中なのでスマホで決済をし、注文品を手に近くの四人掛けテーブルに座ると、どうやら立ち直ったらしい依礼奈が早速フランクフルトを口に運ぶ。

「それじゃ、久世くんの奢りに感謝して……いっただっきまーす！　っ！　熱っ！　あちっ！」

「そんな慌てて食べなくても……」

「あふっ、いやそうじゃなくて、肉の棒から出た汁がおっぱいに散って……」

「わざわざ誤解を招く言い方せんでいいです」

手のひらで胸を拭いながら無駄に意味深な発言をする依礼奈に、マリヤはよく分からないといった風に首を傾げ、アリサはよく分からないがなんか下品なことを言ったっぽいと冷たい目を向ける。

「いやでも真面目な話、あたしも二人みたいにパーカー買えばよかったかも……」

しっかりパーカーで上半身をカバーしている九条姉妹を見て、依礼奈は「ミスった」という顔をする。それに対し、マリヤは困ったように笑った。

「わたしは、いくら温水プールでも上がったら体が冷えるかもと思っただけで……」

「あ〜……でも、それでソフトクリーム食べてたら本末転倒じゃない？」

「あはは、そうかもしれませんね〜」

そう言いながら、ソフトクリームを舐《な》めて「おいし〜」と幸せそうに笑うマリヤ。一方で、なんだか難しい顔をしているアリサに、政近は恐る恐る声を掛ける。

「アーリャ？　どうした、思ってたような味じゃなかったか？」

「……別に」

つっけんどんにそう言うと、アリサは視線をそっぽに向けてボソッと言った。

【六百円……私の、初めての……】

「ごめんて。ホントなんでも言うこと聞くから、許して」

情けない声で許しを乞うても、アリサはツーンとそっぽを向いたまま。

（土下座か？　やっぱり土下座するしかないのか？）

そう考え、とりあえずソフトクリームのコーンの最後の一欠けを口に放り込んで、土下座態勢を整える政近。すると、ほぼ同時にソフトクリームを食べ終えたマリヤが、アリサと政近を交互に見ておもむろに立ち上がった。

「ごちそ～さま。ねぇわたし、スライダー乗りたい！　久世くん、付き合ってくれる？」

「「え？」」

土下座に動こうとしていた政近と、そっぽを向いていたアリサが、同時に声を上げる。

マリヤがピッと指差す先にあるウォータースライダーは、チューブ状のコースがうねうねと曲がりくねった結構本格的なもので、階段の横に普通の浮き輪と二人乗りの浮き輪が並べられていた。好きな方の浮き輪を持って階段を上がり、それで滑るという形なのだろう。

だがしかし、これに男女二人で乗るというのは、思春期男子にとっていろんな意味でハードルが高かった。普通に恥ずかしいし、もし毅や光瑠に見られたらどんな顔をすればいいのやら。

「いや、滑りたいなら一人で行けばいいんじゃ……」

「えぇ～そんな寂しいこと言わないでよぉ～。二人で一緒に声を上げながら滑るのが楽しいんじゃな～い」

「な、るほど……でも、それならアーリャと行けば……」

「でも、アーリャちゃんもエレナ先輩もまだ食べてるし～」

その言葉に、難しい顔でゆっくりソフトクリームを食べていたアリサは、ハッとした表情で残りのコーンを食べ切ろうとする。しかし、それより先にマリヤがファスナーを下げ、パーカーを脱いだ。

（うおう）

ただ水着姿に戻っただけなのだが、ファスナーの間からマリヤの白く瑞々《みずみず》しい肌が露《あら》わになっていく光景に、何か見てはいけないものを見た気分になった政近はそっぽを向く。そしてその隙を突くように、ぱっと手を掴《つか》まれた。

「ほ～ら行こ？　ね？　ゴーゴー♪　あ、アーリャちゃんパーカーお願いね～？」

「お、あ、じゃあ、行ってくる～」

有無を言わさず手を引かれ、政近は土下座を敢行する間もなく連れていかれてしまう。そうして浮き輪を持って階段を上っている途中で、政近は先を行くマリヤに問い掛けた。

「もしかして、気を遣ってくれました？」

「ん～？　なんのこと？」

前を向いたままそう返すマリヤだったが、その声が落ち着きのある大人っぽい声になっていることから、政近は確信する。この強引なお誘いは、あのままだったらお互いどんどん気分が盛り下がっていたであろう政近とアリサを気遣って、その空気を断ち切ろうとしてやったことだと。

「……ありがとうございます。マーシャさん」

「うん？　どういたしまして～」

そうしている間に階段を上り切ると、係のおねえさんに案内されてウォータースライダーの入り口へ向かう。

「久世くん、前と後ろ、どっちがい～い？」

「前の方が迫力あるでしょうし、マーシャさん前どうぞ」

「え、いいの～？」

「はい」

迷いなく前をマリヤに譲る政近だったが、当然この理由は建前である。というのもこの二人用の浮き輪、普通の浮き輪が二つ連なった8の字形の形状ではなく、普通の浮き輪を縦に引き延ばしたゴムボートのような形状をしているのだ。おまけに取っ手の類はないので、自《おの》ずと一緒に乗る二人の体は密着し、前の人が後ろの人に少し寄り掛かる形になる。マリヤに寄り掛かるか、マリヤに寄り掛かられるか。政近の精神衛生上、どちらがいいかは考えるまでもなかった。

というわけで、マリヤが先に前へ乗り込み、政近がその後ろに乗り込む。

（う、うん？　これ、俺の脚がマーシャさんの両脇に来るのか……これはこれで、なんだか気まずいような……）

自分の、人並みに体毛の生えた男の脚が、マリヤの白く滑らかな肌に触れることに、羞恥心に加えて罪悪感のようなものを抱く政近。だが、

「はい、お邪魔しま～す」

と、よく分からない断りと共にマリヤがグッと寄り掛かってきたことで、そんな感情は一瞬で吹き飛んだ。

（う、お⁉）

マリヤの肩越しに、真上から覗《のぞ》き見る、大きなお山と深い谷間。否応《いやおう》なく視線を吸い寄せられるその圧倒的な威容に、政近は思わず絶句する。

（すっご……有希が『ガチの巨乳は足元見えなくて階段下りる時危険』とか言ってたけど、これ、マジでそのレベルじゃないか？　ただの与太《よた》話かと思ってた……）

かつて「んなことあるかい、嘘吐けや」と一笑に付した妹のエロ雑学を思い出し、「嘘じゃなかったのか」と驚く政近だったが……同時に、自身の危機的状況に気付いた。

（あ、ダメだこれ）

何がダメって、健全な男子高校生がこんな有難いものを見ていたら、自ずと頭以外の場所にも血が集まってしまうわけで。その場所は今、マリヤの背中と密着しているわけで。

うん、男としての社会的危機である。

（見ちゃダメだ見ちゃダメだ見ちゃダメだ）

そんな、危機感に煽《あお》られた政近の理性の叫びに反して、視線は完全に釘付《くぎづ》け。後ろのおねえさんが何か言ってるのも聞こえない。マリヤの名峰に完全に意識を囚われ、遂《つい》に……

「は〜い、いってらっしゃ〜い」

係のおねえさんの明るい声と共に、浮き輪がズッと前に押し出される。そして直後、政近とマリヤを乗せた浮き輪は一気にスライダーを滑り始めた。

「うおぉぉ⁉」

完全に不意を衝《つ》かれた政近は、想像以上のスピードと遠心力に慌てて体を傾け、浮き輪の上から身を投げ出されないようバランスを取る。水飛沫《みずしぶき》に顔を打たれ、顔をしかめ目を眇《すが》めながらも必死にコースの先を見据え、重心をコントロール。

「きゃあ――――！」

両手を挙げ、楽しそうに歓声を上げるマリヤに重心を取る意思が全く見えないので、政近は必死である。そうこうしている内に白いスロープが途切れ、明るい光が目に飛び込んできて……直後、二人はプールの上に滑り出た。

と、同時に強力な水の抵抗を受けた浮き輪が急減速し、相反するように慣性に引かれた二人は前へとスライド。バランスの崩れた浮き輪は後方にすっぽ抜けるようにしてひっくり返り、二人は同時にプールに沈んだ。

「ぷぁっ」

「ぱぁ」

そして同時に水面から顔を出し、顔を手で拭う。

「アッハッ、アハハハハ！　おもしろかった〜♪」

マリヤの楽しげな声と華やいだ笑顔に、目をしぱしぱさせていた政近も小さく笑う。これだけ楽しんでもらえたなら頑張った甲斐《かい》があると、フッと肩を竦《すく》め……またぱっと手を摑まれた。

「ねぇもう一回やろ？　もう一回！」

「え」

「いいでしょ？　他にやる人もいないみたいだし！」

そう言いながら、マリヤは浮き輪を摑んでグイグイと政近の手を引く。その笑顔が……

不意に、かつて公園で政近の手を引いたあの子の笑顔と重なった。

「！」

遠い日の、懐かしい記憶。けれど、以前のように切なさや悲しさを覚えることはない。

それはきっと、今目の前の少女が笑っているからで。

「分かったよ、まーちゃん」

政近は自然と、そう口にしていた。その言葉に、マリヤは目を見開き……

「うん！　行こ！」

ニコッと破顔すると、再びスライダーの入り口へと向かった。なんとも無邪気な喜びを

見せるマリヤに、政近も「こうなったら気が済むまで付き合うかぁ」と考え、

「はい、じゃあ今度は久世くんが前ね！」

「え」

「は～い、いらっしゃ～い」

「お」

グイッと引っ張られ、先程上から望んだ名峰が、背中に——

「……わぁ」

後ろも危険だったけど、前はもっと危険でしたまる

◇

「……政近？　お前、なんで打ち上げられてんの？」

プールサイドに上半身だけ横たえ、下半身をプールに浸している政近の頭上から、毅の困惑した声が掛けられる。

それにのそっと視線を上げ、政近はげっそりとした声で答えた。

「子供の体力に力尽きた」

「どゆこと？」

よく分からないという風に毅が首を傾げるが、政近もそれ以上詳しく説明する気にはな

れない。

あの後、更に三回スライダーに付き合わされたところで、いろんなものが限界を迎えた政近は遂に音を上げた。そして、少し残念そうにしながらも「じゃあアーリャちゃんを誘うわね～」と言って去って行くマリヤを見送り……ここでこうして死んでいたのである。

なお、下半身だけプールに残しているのは、プールサイドに上がる途中で力尽きたからである。決して、下半身を冷やすためではない。決して。

「……光瑠は？」

「え？　あ～向こうで泳いでる……オレは、あの空気に耐えられなくなって逃げてきた」

そう言って毅が視線で示す方向を見れば、そこにはどこから持って来たのか、巨大な貝殻形の浮き輪に乗って自撮りをする乃々亜と、明らかにそれに付き合わされている沙也加の姿。

「……パリピ感えぎぃ」

「だろ？　流石にあそこには交ざれないわ……」

巨大な貝殻に乗って、さながら気分はヴィーナスといったところだろうか。なんだかあそこだけ空気感が違う光景に、政近は目を細めて視線を逸《そ》らした。そして、逸らした先でこれまた空気感が違う光景を見て、ますます目を細める。

「ハッ！」

プールサイドから軽やかに一歩を踏み出し、激しく足踏みをしながら沈む菫。それにプールサイドから声援を送る三人娘。

「……何やってんだか」

「ん？　あぁ……たぶんだけど、水の上を」

「皆まで言うな。なんとなく察してるから」

「ハハ……ところで、監視員さんが心配そうにこっち見てるから、そろそろ上がれよ」

「え？　あぁ……」

たしかに誤解を招くポーズだと自覚し、政近はザバリとプールサイドに上がると、遠目に見える監視員らしきスタッフに頭を下げる。そして、若干気まずい思いで依礼奈と九条姉妹を探して視線を巡らせると、少し遠くでスライダー用の浮き輪に乗ったアリサを、マリヤと依礼奈が下から突き上げるようにしてひっくり返す光景が目に入った。

どうやら順番に浮き輪に乗り、他二人がひっくり返そうとするのにどれだけ耐えられるかという遊びをしているらしい。ずいぶんと楽しそうに依礼奈を水中に突き落とすアリサを見て、政近は目を細める。

「おいおい、アーリャ姫があんなにはしゃいでんのレアじゃね？」

「ああ、そうだな……」

同じ光景を見た毅の言葉に、政近は感慨深く頷《うなず》く。

（まさかアーリャが、女友達とあんな楽しそうに遊ぶ日が来るとは……）

何やら謎に保護者のような気分になりながら、あそこに交ざるのは無粋だろうと判断する政近。せっかく、あのアリサが友達と楽しんでいるのだ。ちょっと気まずい状況になっていている自分が参加して、わざわざ水を差すことはないだろう。

(ま、アーリャにはまた後で謝ればいっか……)

ただそうなると、誰と合流するか……と考え、政近はふと毅に問うた。

「そういや、お前沙也加とは写真撮ったのか？」

「え？　い、いや？　さっきも言ったけど、あそこには入り込めんし……というか、あの貝殻の上に乗っていいのは美少女だけだろ」

「それはそう」

正直、それに関しては同意しかない。だが、毅の恋路を応援すると約束した身として、ここですべきは親友の背中を押すことだろう。

「いやいや、それでもここで一歩踏み出さないでどうするよ。今あそこに『俺らも撮ってくれ～』って言いに行けば、合法的に沙也加の水着写真をゲット出来るんだぜ？」

政近の言葉に、毅が肩を揺らす。しかし、普段漫画雑誌のグラビアに鼻の下を伸ばしている姿はどこへやら、毅はなおも尻込みする。

「そ、それは……いやでも……」

「安心しろよ。俺も一緒に行ってやるから。こんな時くらい、多少ハメを外してバカになるべきだって。ってわけで行くぞ！」

「いゃちょ、うォ!?」

躊躇《ちゅうちょ》する毅の肩に腕を回し、半ば道連れのような形でプールに飛び込む。そうしてグイグイと引っ張りながら乃々亜と沙也加の方へと向かうと、浮き輪の上にいる二人へ声を掛けた。

「お〜い、せっかくだし一緒に写真撮ろうぜ〜記念に」

「ん〜？　お〜いいよ〜。さやっちもいいよね〜？」

「え？　ええ、まあ……」

乃々亜の問いに、沙也加もちょっと躊躇《ためら》いがちに目を逸らしながら頷く。そして、二人は浮き輪の中央に寄ると、左右に乗るよう視線で促してきた。すかさず政近が乃々亜の隣に乗り、続いて毅が遠慮がちに沙也加の隣に乗る。

「っとぉ、流石に狭いね〜」

「あぁ……ってか、落ちそうなんだ、が！」

グラグラ揺れる上につるつると滑るビニールの上で、政近は両脇を開いてバランスを取る。すると、

「そ〜んなおたおたしてないで、もっとこっち来なよぉ〜」

乃々亜にするりと左腕を搦《から》め捕《と》られ、引き寄せられた。途端、ぎゅっと乃々亜の肌と密着した左腕に、ぞわぁっと鳥肌が立つ。

（う、ぎぇ）

背筋に走る寒気に、政近は頬が引き攣《つ》りそうになるのを必死に堪える。すると、乃々亜

は持っていたスマホを政近に押し付け、左腕で沙也加の腕を引き寄せた。

「はい、さやっちもっとくっついて～。自撮り棒ないから、くぜっちシャッターよろ～」

「おぅ……はい、じゃあ行くぞ～はい、チーズ」

四人全員が入るよう斜め上にスマホを掲げ、政近はシャッターを切る。慣れない自撮りだったのでそこまで上手《うま》くは撮れなかったが、一応四人の顔はちゃんと入った。

（って、しまった。肝心の毅と沙也加の顔が小さくなっちった）

本来の目的を思い出し、政近は毅にスマホを渡す。

「ほい、じゃあそっちからも」

「え、お、おう、じゃあ、失礼して……」

水着で手を拭い、毅はスマホを受け取る。しかし、緊張しているせいか手が濡《ぬ》れているせいか、毅が左手で掲げたスマホはプルプルと震え、ピントが合わず……

「あっ」

挙句、つるんと毅の手の中で回転し、指の間をすり抜けた。

「うぁっ、ちょあっ」

水面へと真っ逆さまに落下する乃々亜のスマホを、毅は右手を伸ばして慌ててキャッチ……するも、そのまま勢い余って自分がプールに落下してしまう。その反動で貝殻形の浮き輪が後ろに蹴り出され、激しい振動がその上の三人を襲った。

「うおおぉぉ⁉」

「おっとぉ？」

「あ、あぶっ」

端で膝立ちになっていた政近は慌てて姿勢を低くし、滑り落ちないよう耐え——

「わぁ～～」

「ちょっ、おま——」

倒れ込んできた乃々亜に押され、濡れたビニールの上では踏ん張ることも出来ず、二人でもつれ合うように落水。しかし今度はすぐに立ち上がると、政近は未《いま》だに……というか先程までよりもしっかりと左腕にしがみつき、露骨に体を密着させてきている乃々亜を、ジト目で見下ろす。

「おい、お前わざとだろ」

「何が～？」

「何が～じゃねぇ。きっちり沙也加は巻き込まないようにしといて誤魔化せると思ってんのか」

政近と同じように乃々亜に腕を搦め捕られていたはずなのに、なぜか一緒に落水していない沙也加に目を遣《や》りながら、政近はツッコむ。すると、乃々亜は突然ニパッと笑うと、お茶目《ちゃめ》に左手を顔の前に立てた。

「んも～ちょっとした冗談じゃ～ん。そんな怒んないでって～」

「うわっ鳥肌」

再度、今度は左腕だけでなく上半身全体に鳥肌が立ち、政近はブルルッと身震いする。と、そこでなんだかバチャバチャという音がして、政近と乃々亜はそちらを見た。すると、毅がさながら潜水艦の潜望鏡のようにスマホを摑《つか》んだ右手を水面から突き出しながら、何やら水中で藻掻《もが》いている。

「……何やってんだあいつ」

まさか脚でも攣ったのかと、そちらへ一歩近付いたところで、毅がザバッと立ち上がった。

「ブハッ！　お、ちょ」

そして、大きく息をしながらも、焦った様子で下を向きながら何かもぞもぞやっている。

「？」

何事かと眉を顰《ひそ》める政近だったが、そこで浮き輪の上にいた沙也加が軽く悲鳴を上げた。

「いやっ！」

その瞬間、毅が「しまった！」という顔をしながら、何やらグンッと伸びをする。その左手が、水中で海パンの後ろ側を摑んでいることに気付き、政近はようやく状況を察した。

「……もしかして、ダイブした拍子に海パンずれた？」

「……ちょっと、な」

気まずげにそう言い、毅は沙也加の方をそっと窺《うかが》う。その視線を追えば、沙也加は浮き輪の上で目を隠し、そっぽを向いていた。角度的に、どうやら毅の半ケツを見てしまったらしい。

「お前のラッキースケベとか誰得だよ」

「オレだってやりたくてやったんじゃねぇっての！　でも、片手じゃ上手く直せなくてっ……！」

落ちてすぐ海パンがずれたことに気付き、なんとか水中で穿《は》き直そうとしたが、右手で乃々亜のスマホを保持していたために上手くいかなかったらしい。

好きな女の子に半ケツを見せてしまうという、思春期男子にとってはキツイ事態に、毅はちょっと涙目になっていた。しかし、これぱっかりは政近にもどうフォローすればいいのか分からない。

「いや、まあ……それでも、乃々亜のスマホを水没させなかったのは偉いよ、うん」

とりあえずそう言うと、毅は弱々しく笑う。そこへ、乃々亜も頷きながら言った。

「ま～完全防水だから落としても大丈夫だったんだけど」

毅の頬を、一筋の雫《しずく》が伝い落ちた。

◇

「ふう……」

あの後、落ち込んでしまった毅を連れて光瑠と合流し、「やっぱりプールは男同士で気兼ねなく遊ぶに限るよな！」といつになくテンション上げてはしゃぎ倒した政近は、ビーチベッドに寝転がって休憩していた。

「なんだかんだ、楽しんじゃったな……改めて、バイオレット先輩にお礼言わないと」

時計を見れば、時刻は十六時半過ぎ。元々は昼過ぎに解散の予定だったし、体力的にも時間的にもそろそろお開きの時間だろう。

（ってなると、残るは……）

気まずくなっているパートナーのことを思い浮かべたところで、ちょうど横合いから声が掛けられる。

「隣、いいかしら？」

驚いてパッとそちらを見れば、まだちょっとぎこちない表情をしたアリサがこちらを見下ろしていた。

「お、おう、どうぞ」

不意打ち気味に現れた水着姿のアリサに少しばかり動揺しながら、政近は上体を起こして頷く。すると、アリサは無言で隣のビーチベッドに腰を下ろした。そして、沈黙。

「えっと、楽しそう、だったな？」

見掛ける度に、なんだかんだ女性陣と楽しそうに遊んでいたアリサの姿を思ってそう言うと、アリサはちょっと唇を突き出して横を向く。

「あなたもね」

「お、おう……まあ、な」

「マーシャや乃々亜さんと、ずいぶんと楽しそうだったじゃない」

「んぐっ、いや、う〜ん……」

楽しかったかと問われれば、むしろ大変だった。だが、正直にそう言うのも躊躇《ためら》われ、政近は曖昧な唸《うな》り声《ごえ》を上げる。すると、そんな政近を横目に見て、アリサがクスリと笑った。

「冗談よ。毅君や光瑠君と、ずいぶんはしゃいでたみたいじゃない」

「う、あ〜まあ。見られてたのか……」

いつになくテンションを上げてひゃっほいしてたところを見られてたのかと思い、ちょっと気恥ずかしげにそう言う政近。特に他意はない言葉だったが、しかしそれを聞いたアリサは少し目を見開くと、むっと眉根を寄せた。

「別にっ！　あ、あれだけ騒いでたら、普通に気付くわよ……」

何やらごにょごにょと語気をすぼめながら、目を逸《そ》らし髪をいじいじするアリサ。その思いがけぬ反応に数度瞬《まばた》きをして、政近はふと気付いた。

(そういや、マーシャさんはともかく乃々亜とはそんなに長いこと一緒にいなかったのに……もしかして、俺と同じでチラチラこっちのこと見てたのか？)

特に目が合った記憶はないが、もしかしたらそうだったのかもしれない。お互いに相手のことを気にして、チラチラ様子を窺って……そう思うとなんだかおかしくなって、政近は小さく笑ってしまう。

「な、なにを笑ってるのよ……！」

「いや、悪い。お互いに、気まずくなってることを気にしてたんだなって思ったら、なんかちょっとな」

政近の言葉に、アリサは一瞬意表を衝《つ》かれた表情をすると、ビーチベッドの上で片脚を引き寄せ、指をもにょもにょさせた。そして、少しばかり不満そうな表情で、目を逸らしたまま言う。

「まあ……ちょっと、空気を悪くしちゃったかなって」

「ああいや、原因は俺だし、アーリャは何も悪くないけどさ……」

「そこも、まあ、もう謝ってもらったし？」

そう言いつつもまだ微妙に割り切れていない様子で、アリサは続ける。

「でも、私だけ恥ずかしい思いをするのは、不公平じゃないかしら？　お詫《わ》びになんでもするって言うなら、政近君にも何か恥ずかしい思いをしてもらわないと……」

「え？　半ケツを出せって？」

「は？」

「ごめんなさい」

咄嗟《とっさ》に連想してしまった先程のラッキースケベイベント（♂）を口にした途端、極冷気をまとったアリサの視線に射貫《いぬ》かれ、政近は深々と頭を下げた。数秒、温水プールが冷めてしまいそうな視線で政近を睨《にら》んでいたアリサだったが、ハァッと一息吐くと声のトーンを戻す。

「恥ずかしい思いっていうのは……そうね。何か、恥ずかしい秘密を告白するとか？　そうしたら、まあ、許してあげてもいいわ」

「恥ずかしい、秘密ぅ……？」

眉根を寄せ、政近は考える。

そりゃまあ健全な思春期男子として、女子に聞かれたら恥ずかしい秘密なんていくらでもある。なぜか、妹にはそれらの大部分を把握されてるような気もしないではないが、まあそれはそれとして。

そういった秘密は絶対に話せないとして……適度に恥ずかしく、アリサを納得させられるような秘密となると……

「ぁ」

ふと思い付き、小さく声を上げる。それを耳聡《みみざと》く聞きつけ、アリサが食いついた。

「何？」

「いや、これは……いやぁちょっと……」

「何よ、言いなさいよ。何か思い付いたんでしょ？」

「いやいやちょぉっと……ね」

「言、い、な、さ、い。そこで黙るのは不公平よ」

眉を吊り上げたアリサにズズイッと迫られ、政近はビーチベッドの上で小さく体育座りをすると、口元を膝に埋めて顔を背ける。それでもなお頬にじぃぃっと刺すような視線を感じ、やがて観念した政近は、その体勢のまま話し出した。

「いや、さっきも、言ったっちゃ言ったんだけど……マジな話。その、今日プールで会った時……っていうか、さっきもだけど……その、アーリャの水着が、その、すごくて。正直、めっちゃ、動揺した」

流石に最後の部分は、かなりぼかした言い方をした。だがここまで言えば、言わんとすることは伝わったらしい。

すぐ横でアリサが目を見開き、そしてニマァッと笑うのが見ずとも分かる。頬を染めながらも、優越感と嗜虐《しぎゃく》心に満ちた笑みを浮かべたアリサが、ゆっくりとにじり寄ってくるのが気配で分かる。

「ふぅん」

耳朶《じだ》に吐息が触れそうな距離で、笑みを含んだ声。それを牽制《けんせい》として、攻めっ気たっぷりな問い掛けが耳元で囁《ささや》かれる。

「私のこと、いやらしい目で見ちゃったの？」

「！」

普段潔癖気味なアリサの口から放たれたその言葉に、政近はビクッと肩を揺らす。その肩に長い指がゆっくりと掛けられ、甘い囁きが耳元で落とされた。

Развратник♡

耳から背筋までゾクゾクとしたものが駆け抜け、政近は体を跳ねさせた。

もう、アリサの方を振り向けない。今アリサの方を見たら、絶対紳士じゃいられなくなる。その確信が政近にはあった。

ただ小さくなって硬直する政近に、アリサの体温が更に近付き、政近の脇腹に、濡《ぬ》れた肌と湿った水着がピトリと吸い付き――

「そこに冷や水をドーン!!」

勢いよくぶっかけられた冷や水が、あらゆる空気と感触を洗い流した。

前髪から水を滴らせながら顔を上げると、両手に水鉄砲を持った依礼奈が、プールの中からこちらを見て笑っている。

「お遊びはここまでだ！　ここからは仁義なきウォーターサバゲーの時間だぞ！」

そう宣言する依礼奈の後方を見れば、いつの間にやら騎馬戦の組で分かれた面々が、各々水鉄砲を手に戦いの時を待っていた。

「えっと、沙也加さん。その、よかったら、こっちのデカい水鉄砲をどうぞ」

「大丈夫です。わたし、死目鯖《シメサバ》をハンドガン縛りノーダメクリアしたことがあるので」

「ん～とりあえず、目を狙っていく感じでオケ？」

「乃々亜さん？　目は普通にダメじゃないかな？」

「濡れると視界が塞がれるし……やっぱり、眼鏡は外した方がいいのかしら」

「おやめなさい柊さん。お姉様がいらっしゃらないところでそれは禁止ですわ」

「ねぇねぇ！　この中にタバスコを混ぜるのはどうかな？」

「うんうん菖蒲、遊びと殺しの区別は付けようね」

やる気満々な面々を背後に、依礼奈はニヤッと笑って左手に持った水鉄砲をアリサに差し出す。

「さあ隊長！　戦争の時間だ！」

実にイイ笑顔で戦場に誘う依礼奈に、アリサは無言で近付くと水鉄砲を受け取り――その銃口を真っ直ぐ依礼奈の顔に向けた。

「ん？」

イイ笑顔を固まらせる依礼奈に……至近距離から、全く容赦のない放水が浴びせられる。

「アババババベベボボボ」

ロクに息を吐く間も与えず、タンクが空になるまで照射された放水。結果、依礼奈は開戦前にぷかぁっと水面に浮くこととなった。長いサイドテールが水面にゆ～らゆら。

「ア、アーリャ、ちゃん？」

マリヤですらちょっと引いてしまう冴《さ》え冴《ざ》えとしたオーラをまとうアリサは、背後の政近に振り向いてニコッと笑う。

「それじゃあ、始めましょうか」

そう促す、ちょっとかつてないくらいに怖いパートナーの笑顔に。

「……おう」

さしもの政近も、首を縮めて頷《うなず》くしかなかった。

こうして、フレンドリーファイアによって早々に隊員が一名脱落した九条チームであったが、隊長の鬼気迫る活躍もあってウォーターサバゲーは大いに白熱。水死体と化していた約一名を除いて、騎馬戦の九条久世陣営はなんだかんだで絆《きずな》を深めるのであった。

послесловие

あとがき

どうも、燦々《サンサン》SUN《サン》です。今回はあとがきがたったの三ページしかないということで、サクサク進めたいと思います。なんか今あちこちからツッコミが入ったような気がしますが、構っていたら字数が足りなくなるのでここはスルーさせていただきます。

今回は裏話ということで、二巻から七巻までの専門店の店舗特典SSと、フェア企画などで書かせていただいた特典SSを再録したSS集となっております。そして、私は大変よく分かっているオタクなので、分かっております。こういったSS集、店舗特典SSなどを全部集めてくださっている熱心な読者さんには「新刊だと思って買ったら、ほとんど全部読んだことあったわ……新規エピソードがおまけ程度しかないのは、なんか釈然としないなぁ……」と思われがちであることを。ええよく分かっております。私としても、せっかく買ってくださった読者の皆さんをガッカリさせたくはないので、企画段階で新規エピソードを多めに書き下ろすことにしました。

まず再録分が、ちょいちょい加筆修正していますが大体七万字です。一般的なラノベが大体十万字ということなので、ここに三万字書き下ろせばちょうどいい文字数になりますね。三割が新規エピソードなら、まあそうそう文句も言われないでしょう。そう見込んで書き出しました。四万五千字になりました。四割方新規エピソードです。……うん、まあ、よし!! いや、よくはないんだけど……水着回が悪い。あと、書き下ろしの一巻裏話SS三本。こちら編集さんとSS集の内容を相談していた時に「そういえば一巻には店舗特典SSがないんですよね」って話になって、「なら一巻の裏話を三本くらい書き下ろしますか」と話してたんですが、これが予定の合計一万字を二千字くらいオーバーしちゃったんですよね……そもそも書いてから気付いたんですが、二巻の店舗特典SSが実は一巻の裏話になっていたというね。書き下ろすんならむしろ二巻の裏話を書かないといけなかった。まあ、九巻まで書いた今になって一巻当時の各キャラの心情を書くの、楽しかったんでいいんですけど。

んで、諸悪の根源水着回。これが一万字の予定を一万三千字もオーバーしました。オーバーの概念が崩れますね。そもそもなぜ水着回なのかって言うと、それはもちろんどうしたって本編に比べると売り上げが落ちる番外編。どうやったら多くの読者に買ってもらえるかって考えた時に、「せや! ももこ先生の超美麗水着イラストで読者を釣ったろ!」と……まあそれは八割方冗談として。真面目な話、本編が秋から冬へと移行する中、この番外編で水着回をやっておかないと、ワンチャンもう水着イラストが出ない可能性あるヒロインがいるなぁ……と。特に、来年春にはもう卒業してしまう依礼奈《えれな》先輩。まだ二巻分しか登場していないのに、なぜかロシデレ公式人気投票で六位に輝いた依礼奈先輩。水着イラストがないエッチなおねぇさんなんて、エッチなおねぇさんの風上にも置けねぇ！ってことで、まだ水着イラストが出てない四人のサブヒロインのためにも、この機会に水着回をやったわけです。え？　じゃあ表紙を水着の九条《くじょう》姉妹にする必要はなかったんじゃないかって？　あれは必要でなくても必然であったんです。売り上げという面で見れば、むしろ表紙が水着だと全国のシャイな青少年がレジに持って行きにくいという点で逆効果なんじゃないかって可能性が脳裏を過ったけど、必然《私が見たかったん》だから仕方がないんです。

　と、書いていたらもうページがない。あとがき三ページとかマジで秒。というわけで、駆け足ですが謝辞に移ります。今回の裏話の編集を担当してくださった、普段はコミカライズ関連の担当である鈴木《すずき》様。私の文字数オーバーを完全に予期した完璧な立ち回り、大変助かりましたありがとうございました。次に、この短いスパンで、作画コスト鬼高いカラーイラストの数々を美しく可愛く描き上げてくださったももこ先生。感動しました最高でしたありがとうございました。続いて、先日遂にコミックが百万部を突破したコミカライズの手名町《てなまち》先生。おめでとうございますそしていつもありがとうございます。最後に、普段からお世話になっている担当編集の宮川《みやかわ》様、グッズ案件関連の監修担当の加藤《かとう》様、その他ロシデレの製作に関わっている全ての方々と、ロシデレを読んでくださっている全ての読者の皆様に、溺れるほどの感謝をお送りします。ありがとうございました！　また次巻のあとがきでお会いしましょう！

#ロシデレ
よろしくおねがいします!

《初出一覧》

アーリャさんは迷探偵？……書き下ろし
有希ちゃんは凄腕スパイ？……書き下ろし
統也くんは肩身が狭い……書き下ろし
肝試し in 前前前夜祭……第２巻店舗特典
ケモミミ属性に目覚めた日……第２巻TSUTAYA特典
せんせ～、会長と副会長が朝からラブコメしてま～す……第３巻BOOK☆WALKER特典
初デート延長戦……第３巻店舗特典
周防有希はラスボスになり切れない……第３巻店舗特典
アーリャさんメイド服着るってよ……第３巻TSUTAYA特典
乃々亜とサイコーな遊園地デート……第４巻店舗特典
せんせ～、会長と副会長が海でもラブコメ（？）してま～す
……第４巻BOOK☆WALKER特典
使ったスイカは生徒会役員が美味しくいただきました……第４巻店舗特典
なんで浴衣と一緒にチャイナドレスが出てくるのよ……第４巻TSUTAYA特典
私達の激辛修行はまだまだこれからよ！（自棄）……第4.5巻店舗特典
せんせ～、会長と副会長が闘技場でもラブコメしてま～す……第4.5巻店舗特典
マーシャさんってもしかして……？……第4.5巻発売記念ゲーマーズ店頭抽選会特典
Q：美少女に催眠術掛けちゃった♪最初に掛ける暗示と言えば何？……第4.5巻TSUTAYA特典
※政近は鑑定スキル持ちではありません……第５巻店舗特典
ゆきちゃんとあやのちゃんは童心に返ったようです……第５巻店舗特典
せんせ～、会長と副会長が怪我人の前でもラブコメしてま～す……第５巻店舗特典
部活動は部族の活動ではありません……第５巻TSUTAYA特典
三人で仲良く（？）相性占い……第６巻店舗特典
せんせ～、会長と副会長が隙あらばラブコメするんですけど～……第６巻店舗特典
ボディビル部かここは……第６巻TSUTAYA特典
メイドは見てしまった……第７巻店舗特典
女首領、出馬と同時に蹂躙す……第７巻店舗特典
バニー・パニック!!……第７巻TSUTAYA特典
アニメイド店員はリア充オタクの夢を見る……アニメイトフェア特典
アーリャ、初めてのワードウルフ……アニメイトスニーカー文庫35周年フェア特典
男の夢……スニーカー文庫夏フェア「波打ち際のコスプレフェスティバル」公式同人誌
そうだ、猫カフェに行こう……書き下ろし
そうだ、プールに行こう……書き下ろし

時々《ときどき》ボソッとロシア語《ご》でデレる隣《となり》のアーリャさん　裏話《うらばなし》

著　燦々《サンサン》SUN《サン》

角川スニーカー文庫　24440

2024年12月１日　初版発行
2025年６月10日　４版発行

発行者　山下直久

発　行　株式会社KADOKAWA
〒102-8177 東京都千代田区富士見2-13-3
電話　0570-002-301（ナビダイヤル）

印刷所　株式会社KADOKAWA
製本所　株式会社KADOKAWA

◆◇◇

●お問い合わせ
https://www.kadokawa.co.jp/（「お問い合わせ」へお進みください）
※内容によっては、お答えできない場合があります。
※サポートは日本国内のみとさせていただきます。
※Japanese text only

Printed in Japan　ISBN 978-4-04-115742-8　C0193

★ご意見、ご感想をお送りください★
〒102-8177 東京都千代田区富士見 2-13-3
株式会社KADOKAWA　角川スニーカー文庫編集部気付
「燦々SUN」先生「ももこ」先生